清平乐

候蛩凄断，人语西风岸。月落沙平江似练，望尽芦花无雁。

暗教愁损兰成，可怜夜夜关情。只有一枝梧叶，不知多少秋声！

世事不忍回首，不能回首。他的人生，亦在词中老去。

他的生命，也许停留在某个落叶萧萧的秋天。那一刻，秋窗寒灯，身畔无人，他走得孤独，也平和。

他叫张炎，著有《山中白云词》。在文学史上，他与姜夔并称“姜张”，与宋末著名词人蒋捷、王沂孙、周密并称“宋末四大家”。

同是大宋遗民的郑思肖评价张炎词：“能令后三十年西湖锦绣山水，犹生清响，不容半点新愁飞到游人眉睫之上，自生一种欢喜痛快。”

是啊，不容半点新愁，自生一种欢喜痛快。

大宋灭亡，张炎成了宋朝最后一位词人。宋词在他的笔端，渐入尾声。

后来，元曲盛行。

百岁光阴如梦蝶，重回首往事堪嗟。

图书在版编目（CIP）数据

雅宋词客 / 白落梅著 . -- 长沙 : 湖南文艺出版社，2022.7

ISBN 978-7-5726-0591-8

Ⅰ. ①雅… Ⅱ. ①白… Ⅲ. ①传记文学—作品集—中国—当代 Ⅳ. ①I25

中国版本图书馆 CIP 数据核字（2022）第 018806 号

上架建议：文学传记

YA SONG CIKE
雅宋词客

作　　者：白落梅
出 版 人：曾赛丰
责任编辑：吕苗莉
监　　制：于向勇
策划编辑：陈文彬
文字编辑：刘　盼　罗　钦
营销编辑：段海洋　时宇飞
装帧设计：沉清 Evechan
封面题字：童亮昭
封面绘图：呼葱觅蒜
插　　图：视觉中国
内文排版：麦莫瑞
出　　版：湖南文艺出版社
（长沙市雨花区东二环一段 508 号　邮编：410014）
网　　址：www.hnwy.net
印　　刷：三河市中晟雅豪印务有限公司
经　　销：新华书店
开　　本：875mm × 1270mm　1/32
字　　数：161 千字
印　　张：8
插　　页：4
版　　次：2022 年 7 月第 1 版
印　　次：2022 年 7 月第 1 次印刷
书　　号：ISBN 978-7-5726-0591-8
定　　价：52.00 元

若有质量问题，请致电质量监督电话：010-59096394
团购电话：010-59320018

雅宋词客

白落梅 著

CTS PUBLISHING & MEDIA

湖南文艺出版社 HUNAN LITERATURE AND ART PUBLISHING HOUSE

博集天卷 CS-BOOKY

试问闲愁都几许？一川烟草，
满城风絮，梅子黄时雨。
——贺铸

花自飘零水自流。一种相思，两处闲愁。

——李清照

回首向来萧瑟处，归去，也无风雨也无晴。

——苏轼

少年不识愁滋味，爱上层楼。
爱上层楼，为赋新词强说愁。
而今识尽愁滋味，欲说还休。
欲说还休，却道天凉好个秋。

——辛弃疾

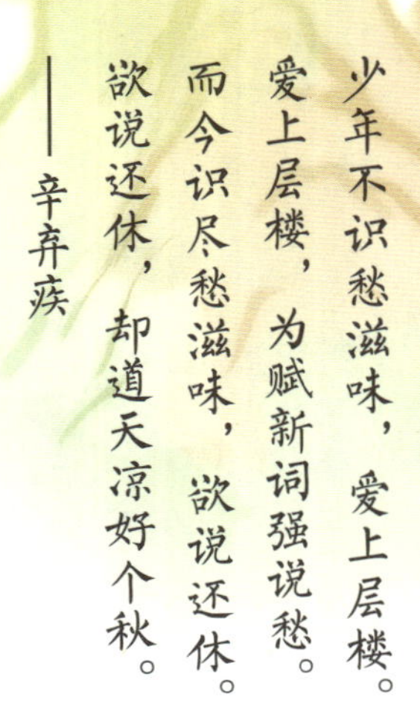

自我来黄州，已过三寒食。年年欲惜春，春去不容惜。今年又苦雨，两月秋萧瑟。卧闻海棠花，泥污燕支雪。暗中偷负去，夜半真有力。何殊病少年，病起头已白。
春江欲入户，雨势来不已。小屋如渔舟，濛濛水云里。空庖煮寒菜，破灶烧湿苇。那知是寒食，但见乌衔纸。君门深九重，坟墓在万里。也拟哭途穷，死灰吹不起。
右黄州寒食二首

苏轼《黄州寒食诗帖》（台北故宫博物院藏）

此帖为苏轼的行书代表作，被誉为“天下第三行书”，诗两首，共17行129字，是苏轼被贬黄州第三年的寒食节时所抒发的人生感叹。

序言

忍把浮名，换了浅斟低唱

宋人吴自牧在《梦粱录》中记载：“烧香点茶，挂画插花，四般闲事，不宜累家。”这说的是宋人的日常生活，淡雅而极简，古朴且有韵。

清茶一盏，成了雅玩；檀香一炉，修身养性。瓶花在案，清疏柔美；挂画于室，寄兴赏玩。填词一首，更令人烦忧尽消，万虑齐除。

孟元老的《东京梦华录》中有这样的描述：“举目则青楼画阁，绣户珠帘。雕车竞驻于天街，宝马争驰于御路。金翠耀目，罗绮飘香。新声巧笑于柳陌花衢，按管调弦于茶坊酒肆。”

这是大宋的山河，汴京城软红香土，风雅无限。生活在这个朝代的人，不论是帝王将相、文人雅士，还是寻常百姓，都懂得美。他们懂得生活的美，风物的美，乃至一粒微尘的美。

宋朝的美，简约含蓄，内敛包容。宋人爱喝茶，茶水清洁，喝茶的器皿也是极简的。他们的人生，宛若青瓷一般，纯净无瑕，端庄浑朴。

宋朝人物，每个人心中都有一帘山水，一阕宋词。他们也追求名利，也有落拓潦倒，但他们将日子过得潇洒而悠闲，散淡亦随意。

宋朝词客，不知凡几。一世功名，悲欢故事，乃至朝政风云，山河变迁，最后都成了一阕词。平平仄仄，假假真真，都是他们自身的经历，不必与谁交代，也无须交代。

如果说诗为唐人的所有，那么词便是宋人的全部。他们的一生，无论遭遇怎样的风尘磨砺，沧桑变故，与之相知相守的，唯有一卷辞章。

都说唐诗有李白，足以倾倒河山；宋词有苏轼，一人纵横江海。但是唐诗不能缺了杜甫、白居易和孟浩然这等人物，亦如宋词不能遗忘柳永、辛弃疾、李清照的风流。

多少词客，仕宦浮沉，到后来，偎红倚翠，忍把浮名，换了浅斟低唱？又有多少词客，一生白衣，不趋荣利，却墨香流淌，留名青史？

他们也经河山动荡，流离岁月，从北至南，由盛至衰。宋朝的帝王，能词善画，会写瘦金体。宋朝的百姓，也知美学，懂韵律，有情致。

大宋的光阴，旖旎而哀怨；每一阕词，皆让人黯然神伤，却又风情万种，余韵悠长。

后来，也不知何时，那个插花清供、品茗填词的时代结束了。那些往来奔走于大宋时空的人物，亦随着王朝的覆灭而渐渐远去，那般草草。

陈寅恪先生曾说："华夏民族之文化，历数千载之演进，而造极于赵宋之世。后渐衰微，终必复振。"

无论如何衰微，那段繁盛时期，始终如信仰一般存在，被世人铭记，不肯遗忘。有一日，终必复振，这是使命，不容忽视，亦不可忽视。

故而，宋朝的风流，也是当世的风流。

这风流，是焚香点茶，饮酒插花；是挥毫泼墨，仗剑天涯；是坐酌泠泠水，看煎瑟瑟尘；是月上柳梢头，人约黄昏后；是忍把浮名，换了浅斟低唱；亦是回首向来萧瑟处，归去，也无风雨也无晴。

白落梅

雅宋词客

目录

卷一 忍把浮名，换了浅斟低唱

卷二 人生如逆旅，我亦是行人

卷三 桃李春风一杯酒，江湖夜雨十年灯

卷四 蓦然回首，那人却在，灯火阑珊处

卷五 流光容易把人抛，红了樱桃，绿了芭蕉

卷一

忍把浮名，换了浅斟低唱

柳永

混迹风月，忍把浮名，换了浅斟低唱

一 且恁偎红倚翠，风流事，平生畅

奉旨填词，眠花宿柳。说的是柳永，大宋王朝的柳永，人称“柳三变”。

宋朝最不缺的就是风雅，宋人的日子就是一阕阕温润精致的词。

“烧香点茶，挂画插花，四般闲事，不宜累家。”这是宋人寻常的生活，淡雅而极简，古朴而有韵。

柳永是宋朝的天才词人，他跟许多宋人一样，偏爱简约的美学，活得有情有趣。他只管偎红倚翠，纵有外敌侵扰，亦可安享太平。

他随心而动，不受约束，游走红尘，真率天真。

清茶一盏，成了雅玩；檀香一炉，修身养性；瓶花在案，清疏柔美；挂画于室，寄兴赏玩。填词一首，更令人烦忧尽消，万虑齐除。

他求取功名纯粹，处世之态随意，流连风月却是认真的。年少时，柳永学习诗词，亦有功名用世之志。

后飘游江湖，兴之所至，尽兴而归。他迷恋世间繁华，沉醉青楼歌舞场，风流不羁。

再后来，他收敛心性，决意博取功名，于朝中混个一官半职，不负平生所学。他踌躇满志，岂知屡试不第，潦倒汴京。

自命不凡的他，实则有一颗柔弱的心。仕途失意，功名无望，他更频繁往返风月，玩世不恭。

宋代的叶梦得在《避暑录话》中写道："柳永为举子时，多游狭邪，善为歌辞。教坊乐工每得新腔，必求永为辞，始行于世，于是声传一时。余仕丹徒，尝见一西夏归朝官云：'凡有井水处，即能歌柳词。'"

柳永不被皇帝赏识，却受平民钦慕。他与功名无缘，却赢得佳人芳心。他是人间的白衣卿相，出入青楼楚馆的风流浪子。

二 有三秋桂子，十里荷花

宋真宗在位时期，杭州城内有妙龄女子拿着红牙檀板，婉约地唱："有三秋桂子，十里荷花……"

望海潮

东南形胜，三吴都会，钱塘自古繁华。烟柳画桥，风帘翠幕，参差十万人家。云树绕堤沙，怒涛卷霜雪，天堑无涯。市列珠玑，户盈罗绮，竞豪奢。

重湖叠巘清嘉。有三秋桂子，十里荷花。羌管弄晴，菱歌泛夜，嬉嬉钓叟莲娃。千骑拥高牙，乘醉听箫鼓，吟赏烟霞。异日图将好景，归去凤池夸。

唱曲之人，不知来自哪个青楼，姿容俏丽，清新如兰。填词之人，则是迷恋杭州繁华、西湖山水的青年才俊柳永。

这一次，他本打算进京参加礼部考试。由钱塘入杭州，他被江南景致倾倒，索性停下了步履。他在此，过上了一段听歌买笑、填词作曲的浪漫生活。

柳永之词文令世人惊艳，在杭州城广为传诵。他亦因此声名大噪。

他闲时陪同当地权贵游乐山水，饮宴春风，谈古论今。更多的时候，他买醉青楼，与歌妓往来，迷恋情场，醉心风月。

柳永生在世代儒宦之家，幼时喜读诗词。少年居家乡，游览名胜，便尝试作诗填词。读到心仪的佳句，他便将之题于墙壁上，反复推敲琢磨，吟咏欣赏。

明明是满腹诗书的才子，亦有凌云之志，奈何贪恋美色，误了浮生。柳永的词名流传于江南街市，他的身影则往来于烟花柳巷。

在杭州逗留了几年，他又沿汴河去了苏州，登临姑苏台，游览吴国旧迹。

在此，柳永写下许多怀古词作，有句："三吴风景，姑苏台榭，牢落暮霭初收。夫差旧国，香径没，徒有荒丘。"（《双声子》）

当年的吴越繁华，已是斜阳暮草。图王取霸，争斗无休，如今江山落入谁家？

只有那范蠡功成身退，携了西施，乘扁舟一叶，泛舟五湖，看如画江山，云涛烟浪，也是渺渺无踪。

之后的柳永，又去了扬州，自古繁华温柔地。当年，杜牧寄身扬州，纵情于青楼楚馆，占尽风流；后留得薄幸之名，还怨商女不知亡国恨。

"扬州曾是追游地，酒台花径仍存。"（《临江仙》）柳永追忆古人，遍赏二十四桥明月。令他痴迷不舍的，是青楼歌妓，红粉佳人。

"少年时，忍把韶光轻弃。况有红妆，楚腰越艳，一笑千金何啻。"（《长寿乐》）他日日饮酒欢唱，缱绻缠绵，早把功名之事置之脑后。

他填词卖字，亦深受红粉之恩，一日千年。

三　忍把浮名，换了浅斟低唱

至于汴京赶考之路，柳永一走就是六年。待酒醒后，他方记起，世上还有功名未取，荣华等候。

他来到了汴京。当时的北宋王朝，繁华昌盛，国泰民安。这里，帝王与百姓同乐；这里，风花雪月，纸醉金迷。

柳永初至汴京，用其大开大合的笔法，将帝都的软红香土，极尽描写。

尚未科考，声名早已远播。他胸有成竹，安心定志。及试，宋真宗有诏：“读非圣之书，及属辞浮靡者，皆严谴之。”柳永初试落第。

他自恃才高，不落人后。愤慨之下，作词发泄内心的不满与惆怅。

鹤冲天

黄金榜上，偶失龙头望。明代暂遗贤，如何向？未遂风云便，争不恣狂荡？何须论得丧。才子词人，自是白衣卿相。

烟花巷陌，依约丹青屏障。幸有意中人，堪寻访。且恁偎红倚翠，风流事，平生畅。青春都一饷。忍把浮名，换了浅斟低唱！

风流才子，占尽词场，自称白衣卿相。真个是自命不凡，唯我独尊。

他恃才自负之作，不为帝王所喜。之后的柳永，几番落榜，颇为潦倒失意。

一句“忍把浮名，换了浅斟低唱”，自此改变了他一生的命运。

至仁宗继位，柳永以为重见天日，岂料仁宗见其作亦不悦。既要浅斟低唱，何必眷恋虚名，垂涎大宋官场？

仁宗甚至刻意划去柳永之名，回复“且去填词”。自此，柳永奉旨填词，重新回到青楼酒馆，醉生梦死，放浪形骸。

是非莫挂心头，富贵岂会由人。这些浮名，不要也罢，他洒脱转身，无所留恋。令他刻骨难舍的，是在京师与他相恋的情人虫娘。

此番离别后，相逢无期。他心中感伤，填词《雨霖铃》。词作流传千古，令人读来惊心泪落。

雨霖铃

寒蝉凄切，对长亭晚，骤雨初歇。都门帐饮无绪，留恋处，兰舟催发。执手相看泪眼，竟无语凝噎。念去去、千里烟波，暮霭沉沉楚天阔。

多情自古伤离别，更那堪、冷落清秋节！今宵酒醒何处？杨柳岸、晓风残月。此去经年，应是良辰好景虚设。便纵有千种风情，更与何人说！

“此去经年，应是良辰好景虚设。”痴心的虫娘，为他憔悴心伤，相思断肠。

风流的柳永，却乘舟一路南下，填词为生，沉湎在烟花柳巷，乐不思蜀。

四　衣带渐宽终不悔，为伊消得人憔悴

他的词名家喻户晓，妇孺皆知。他徜徉在晓风残月，醉心于青楼妓馆。

宋人罗烨在《醉翁谈录》中写道，柳永“暇日遍游妓馆。所至，妓者爱其有词名，能移宫换羽，一经品题，声价十倍；妓者多以金物资给之”。

夜幕下的大宋江山，华丽旖旎，凡井水处，皆歌柳词。他虽是一介白衣，但拥有此般至高荣耀，胜于官场上的起落浮沉。

柳永成了宋朝词坛上一颗璀璨的明珠。许多风流词客，亦纵意江湖，然遇见他后，皆黯淡失色。

他眠花宿柳，偎红倚翠。无数佳人为他神魂颠倒，意乱情迷。

凡有相遇，便有离别。聚时欢乐，散后离苦，也曾“衣带渐宽终不悔，为伊消得人憔悴”。

蝶恋花

伫倚危楼风细细，望极春愁，黯黯生天际。草色烟光残照里，无言谁会凭阑意。

拟把疏狂图一醉，对酒当歌，强乐还无味。衣带渐宽终不悔，为伊消得人憔悴。

宋词的半壁婉约江山，被柳永占据。只是，当他往来于一间

间青楼，写下一阕阕词后，他的风流韵事，又如何说得尽？

昼夜乐

洞房记得初相遇。便只合、长相聚。何期小会幽欢，变作离情别绪。况值阑珊春色暮。对满目、乱花狂絮。直恐好风光，尽随伊归去。

一场寂寞凭谁诉。算前言，总轻负。早知恁地难拚，悔不当时留住。其奈风流端正外，更别有、系人心处。一日不思量，也攒眉千度。

多少名流词客，也曾混迹风月之所，但皆有清醒之时。唯独柳永，沉沦其间，乐此不疲。他视歌妓为红颜知己。万种风情，他唯对她们诉说。

柳永每有难处，众歌妓皆酬金相赠。对于身世堪怜的歌妓，他亦会百般相助。他输了功名，却赢得歌妓的芳心，当是无悔。

他漂泊江湖，不忘风月之事。多少温柔清梦，又被离别催醒。风流如他，怎会为一人停留，为一人痴守？

他是词人柳永，是大众的情人。他的一生，都在邂逅，又都在别离。

“系我一生心，负你千行泪。”（《忆帝京》）痴心是他，无情也是他。衣带渐宽的是他，春风满面的还是他。

他安于大宋精致的美学里，度日如诗，风雅至极。

他写尽大宋汴京的繁华。这片香软之地，令金人觊觎，使得他们意图侵占宋土，享尊荣，坐拥天下。

五 此去经年，应是良辰好景虚设

然而，就在他对功名彻底没有执念时，仁宗亲政，特开恩科，对历届科场失意之士施以宽厚优待。柳永闻之，急急赶往京城赴考。

景祐元年（1034年）春闱，柳永与其兄柳三接同登进士榜，授睦州团练推官。

这时的柳永，已近知命之年。暮年及第，悲喜交加。官职虽小，他亦觉称心遂意，且知足常乐。

之后的柳永，调任余杭令，又任定海晓峰盐监，再调任泗州判官。他为官期间，皆有政绩，爱民如子，深得百姓之心。

“走舟车向此，人人奔名竞利。念荡子、终日驱驱，争觉乡关转迢递。”（《定风波》）如此，这些年他尝尽了宦游的滋味。他本不慕富贵，却也入了争名逐利之流。久困微职，难展大志，他亦只感徒添憔悴。

晚年，柳永不忘浅斟吟唱、醉卧风月之所。似乎，那里才藏得下他的梦想；似乎，那里才是他真正的归宿。

少年游

长安古道马迟迟，高柳乱蝉嘶。夕阳鸟外，秋风原上，目断四天垂。

归云一去无踪迹，何处是前期？狎兴生疏，酒徒萧索，不似少年时。

他有官职在身，应该不至于困顿潦倒。关于柳永的死，江湖有许多传说。柳永究竟死于何处，葬于何方，其实是个谜。

有人说，柳永无意官场，晚年依旧眷恋风月之地，与青楼歌妓为伴，靠词曲度日。死后，他无钱安葬。群妓念他的痴情与才华，凑钱葬之。

或葬于襄阳南门外，或葬于兴隆镇花山，或客死润州。也许大家宁愿他死于青楼，至少那里才是他情之所钟的地方。

青楼，有与他缠绵厮守、情深意浓的爱人。只有在那里，才有人陪他谈笑风生，为他黯然神伤。

苏轼曾说：“人皆言柳耆卿俗，然如‘渐霜风凄紧，关河冷落，残照当楼’，唐人高处，不过如此。”

柳永这一生功名平淡，早年更为君王所弃。他无归处，方醉倚绣幄，与红粉相知。

然而，柳永的词，对后世的词人影响甚深，支撑了北宋的河山。这一点无可非议。

想来，奉旨填词的他，混迹风月的他，流落江湖的他，才是真正的“柳三变”。

林逋

一生不仕，梅妻鹤子，终老孤山

一 疏影横斜水清浅，暗香浮动月黄昏

吾幼时爱梅，与林和靖相关。吾虽居乡野之地，未见过高墙深院的梅，但山间野梅，年年有信，如期绽放。

梅或落于驿外断桥边，或开在山林幽僻处，或植于小院柴门内。梅孤傲自赏，不与百花相争，不惧风雪，冷香绝尘。

魏晋爱菊，唐人爱牡丹，宋人爱梅。世间万物有灵，众生为之倾倒，且一生视其为知己良朋。

陶渊明归隐田园，失去功名，只栽松种菊，其最后一点功利之心，亦被满园的菊花消磨。他远离尘嚣，淡泊世事，将余生给了诗酒，付之菊花。

古人吟咏梅花之诗句，更是百态千姿；其所表达的，正是梅花的清绝冷傲、坚贞不渝、百折不挠。

“遥知不是雪，为有暗香来。”（《梅花》）王安石也曾踏雪寻梅，一睹其绝代风姿。梅花孤傲、高洁，纵“零落成泥碾作尘，只有香如故”（陆游的《卜算子·咏梅》）。

自古，有梅花情结的文人墨客，不胜枚举，只是缘深缘浅罢了。

红楼女子李纨就是一株老梅。她贞静淡泊，“不受尘埃半点侵，竹篱茅舍自甘心”（宋人王淇的《梅》）。

妙玉的栊翠庵，亦遍植红梅。她在高墙之内，过着清修、无为的生活，与她一起修行的，还有深深庭院里的梅花。

世上爱梅之深，且前身必是梅花的，唯有一人。此人隐居西湖孤山，终生不仕不娶，无子，植梅养鹤，自谓“以梅为妻，以鹤为子”。

他的《山园小梅》描写梅花的清幽孤傲，风情意态，被誉为千古咏梅绝唱。

山园小梅

众芳摇落独暄妍，占尽风情向小园。
疏影横斜水清浅，暗香浮动月黄昏。
霜禽欲下先偷眼，粉蝶如知合断魂。
幸有微吟可相狎，不须檀板共金樽。

“疏影横斜水清浅，暗香浮动月黄昏。”斜斜的梅枝落于水中，映照出稀疏的倒影。淡淡的幽香，在月下的黄昏，浮动飘散。眼前的景致，温柔清雅，令人沉醉销魂。

这位以梅为妻，与梅缘定三生之人，便是宋朝的林逋。

二 此夜芭蕉雨，何人枕上闻

《宋史》记载：“林逋，字君复，杭州钱塘人。少孤力学，不为章句。性恬淡好古，弗趋荣利。家贫，衣食不足，晏如也。初，放游江淮间，久之，归杭州，结庐于西湖之孤山。二十年足不及城市。”

林逋并非生来就隐居孤山，他在红尘飘零数载，走过万水千山，尝尽世情风霜，也有入仕之心，也历情劫，经离苦。

林逋的家世虽不显赫，但也是书香门第。他自幼浸润于江南的灵山秀水，勤勉好学，通晓经史百家。

林逋所处的时代，乃北宋太平盛世，古人有“学而优则仕”之风气。像林逋这样品学兼优、满腹诗文之才子，势必走上仕途，在官场上有一番作为。

与他同一时代的，有范仲淹和欧阳修等人，他们都是北宋时期著名的政治家、文学家。

自古济世报国，心怀天下，乃文人之大志。他偏偏生来性孤，不与世群，不慕功名富贵，唯好草木山水。

林逋年幼时，父亡，林逋遭此变故，他的性格更孤僻寡言了。许多学子为了科考而废寝忘食，专心致志。他却自甘清贫，不愿落于世俗，随波逐流。

早年的林逋，也生出过科考之心，但未曾入仕，唯怕宦海浮沉，困于功利，难以解脱。

后来，他索性断绝仕途之念，孤身一人，放游江淮之间，若闲云野鹤般自在、无牵挂。

江淮自古繁华，为王公贵族聚集之所，亦是文人雅士纵情享乐之地。

从青楼画阁、天街宝马、柳陌花衢，到茶坊酒肆，那时的林逋年少轻狂，文采风流，途经百媚千红，看人间万象，亦生诸多感慨。

淮甸南游

几许摇鞭兴，淮天晚景中。
树森兼雨黑，草实着霜红。
胆气谁怜侠，衣装自笑戎。
寒威敢相掉，猎猎酒旗风。

过芜湖县

诗中长爱杜池州，说着芜湖是胜游。
山掩县城当北起，渡冲官道向西流。
风梢樯碇网初下，雨摆鱼薪市未收。

更好两三僧院舍，松衣石发斗山幽。

林逋四处游历，每至一处，或寻访古迹，或与诗友交游唱和，随性洒脱，自在无羁。

他爱杜牧的诗文，亦慕其潇洒风流。当年，杜牧遍赏扬州琼花，与风月女子相恋，留得青楼薄幸名；他之风流韵事，被后人追捧并效仿。

林逋路过金谷园，见繁华不再，荒草无情，人世迁徙，可谓沧海桑田。

点绛唇

金谷年年，乱生春色谁为主？余花落处，满地和烟雨。

又是离歌，一阕长亭暮。王孙去。萋萋无数，南北东西路。

他经洞霄宫，见秋山红叶，生秋思无限。

宿洞霄宫

秋山不可尽，秋思亦无垠。

碧涧流红叶，青林点白云。

凉阴一鸟下，落日乱蝉分。

此夜芭蕉雨，何人枕上闻？

那时的他，视飘零为归宿，虽无数次生出隐逸之心，但外界的风物，对他来说仍是诱惑。

他知道，眼前的一切都是虚幻且短暂的。这世间，终有一隅，可栖息他疲倦的灵魂。

三 罗带同心结未成

林逋一生无妻无子，而与他相关的情事亦未记载于史书。

他的一首《长相思》堪称至美的爱情诗，感人肺腑，回味不尽。

长相思

吴山青，越山青。两岸青山相送迎，谁知离别情？
君泪盈，妾泪盈。罗带同心结未成，江头潮已平。

“罗带同心结未成”，这位令他情意绵绵的女子，究竟是何人？他们于江畔相离，以青山为证。此一转身，便是一生一世。

之后的林逋，再不为任何女子动心。她或许是青楼歌妓。他自问清贫如洗，孤身一人，给不起她将来，更给不了她一世的安稳。

人世的情缘，许多都被自己耽误了。若不挑拣，他亦可娶一佳人，寻一小院，与佳人执手相依，平淡度日。

在无数个夜晚，他宿于孤村野寺、江岸小舟。身畔，没有知晓冷暖、与他共读诗书的如花美眷。

西村晚泊

弭棹危桥外，霜村乍夕阴。
田园向野水，樵采语空林。
白鸟归飞远，青山重复深。
那堪迟新月，谁复赏微吟。

他游历江湖，转眼已是中年人，他无名无利，无家无妻，形单影只，虽潇洒，但凄凉。

功名乃浮云，情感亦如尘烟。年近半百的林逋落拓、清贫，唯有一身傲骨和满腹才学。

自此，他彻底断了尘念，归去西湖，结庐孤山，开始了他的隐逸生涯。

隐居并非避世，林逋虽孤僻，但他数载游历，其性情也是直率而慷慨的。

四 要卷珠帘清赏，且莫扫、阶前雪

沈括在《梦溪笔谈》中说："林逋隐居杭州孤山，常畜两鹤，纵之则飞入云霄，盘旋久之，复入笼中。逋常泛小艇游西湖诸寺，有客至逋所居，则一童子出应门，延客坐，为开笼纵鹤，良久，逋必棹小船而归，盖尝以鹤飞为验也。”

林逋在孤山上植漫山的梅，畜养白鹤，饮酒赋诗，访友清谈，不亦乐乎。

他养的鹤，通人情，故与之相伴，逍遥快意。

他种梅百千。花既可观，亦可售。每售梅实一树，以供一日之需。可见，他种植的梅，不仅可以为其增添意趣，更可解其温饱之忧。

他在孤山清修，衣食无忧，有梅妻鹤子，亦称心、知足。

小隐自题

竹树绕吾庐，清深趣有余。
鹤闲临水久，蜂懒采花疏。
酒病妨开卷，春阴入荷锄。
尝怜古图画，多半写樵渔。

他爱梅，咏梅，其一生知己唯有梅花。

霜天晓角

冰清霜洁，昨夜梅花发。甚处玉龙三弄，声摇动、枝头月。
梦绝，金兽热，晓寒兰烬灭。要卷珠帘清赏，且莫扫、阶前雪。

这样一位风流名士，虽隐孤山，却声名鹊起。许多名流雅客慕名前来，愿寄身孤山，忘尘世，消俗虑。

他亦时常乘舟出游，去山寺访僧，与他们说禅论诗。

范仲淹、欧阳修和梅尧臣等青年才俊，也曾不远千里，慕名而来。他们于孤山踏雪寻梅，诗酒流连，乐不知返。

漫山的梅，亦不必孤芳自赏。炉中茶沸，白鹤惊飞回返。童子忙碌，诗客风流。所谓孤山，其实不孤。

范仲淹在《寄赠林逋处士》中写道："唐虞重逸人，束帛降何频。风俗因君厚，文章到老醇。"可见其对林逋的敬慕之情。

后来，宋真宗亦听闻林逋之名，赐衣食等物品于他。许多权贵甚至前来劝说他出山入仕。

他却说："吾志之所适，非室家也，非功名富贵也，只觉青山绿水与我情相宜。"

一旦坐拥了西湖山水，闲隐孤山，他怎还会留恋世上的虚名？

那时掀起一阵隐逸之风，宛若魏晋。

许多人，无心尘世功名，择一山水佳处，过着散淡而闲逸的日子。但最后，他们终抵不过红尘的诱惑，纷纷出山。

林逋曾数载游历，见惯了外界风云。他的心境，早已开阔、疏朗，不再拘泥于红尘。

他恬淡自安，是因为他的心纯粹洁净，无所求；或者，他之所求，是世间给不起，帝王亦给不起的。

他的诗词字画，皆随性而作，写罢便弃之。

人问："何不录以示后世？"答曰："吾方晦迹林壑，且不欲以诗名一时，况后世乎！"

五 王孙去。萋萋无数，南北东西路

就这样，林逋在孤山上度过了二十年，掩门不问世事，却又知晓万千繁华。

他自知年老体衰，于草庐旁修了墓地，作《书寿堂壁》诗："湖上青山对结庐，坟前修竹亦萧疏。茂陵他日求遗稿，犹喜曾无封禅书。"

天圣六年（1028年），六十二岁的林逋于孤山安静辞世。

漫山遍野的梅为他送别，他生前养的白鹤于坟前久久盘旋，不肯散去。

林逋去世后，宋仁宗嗟悼，赐谥"和靖先生"，葬其于孤山故庐侧。

孤山并未因为他的离世而荒芜，因时有后人来此凭吊。

宋室南渡后，杭州更加繁华，西湖歌舞不歇。君王在孤山上修了皇家寺院，山上原有的宅、田、墓地皆被迁走，唯独留下林逋之墓及一些梅树——年年岁岁，候一场江南的风雪。

张岱在《西湖梦寻》中记载，南宋灭亡之后，有盗墓贼以为林逋是大名士，其墓中的珍宝必定极多，于是去挖。可是坟墓之中，陪葬的竟然只有一方端砚和一支玉簪。

端砚，乃文人所爱之物，日常与之不可分割。玉簪，虽男子亦可佩戴，但此玉簪为女子的饰物。

林逋一生无妻。这女子，想必是他词中所思念的那位佳人。

当年，他们在群山之间，挥泪相别。后来，她不知去往何处，他则隐于孤山，直至终老。

罗带同心结未成，江头潮已平。

想来，林逋一生虽结庐孤山，有梅妻鹤子，到底意难平。

范仲淹

先天下之忧而忧，后天下之乐而乐

一 月华如练，长是人千里

世间草木山石，楼台殿宇，本为凡物，因了文人钟爱，诗客吟咏，也有了灵气，生出情韵。

岳阳楼，不过是一处几经风雨、久历沧桑的楼台。岳阳楼始建于三国，因北宋滕宗谅重修，邀好友范仲淹作《岳阳楼记》而名留千古。

此后，岳阳楼被称作“天下第一楼”。它傍着洞庭烟水，倚着君山，俯瞰千古。在之后的岁月，它也有过兴废劫毁，经荣辱恩怨，依旧安然无恙。

《岳阳楼记》记载：“予观夫巴陵胜状，在洞庭一湖。衔远山，吞长江，浩浩汤汤，横无际涯；朝晖夕阴，气象万千。此则岳阳楼之大观也。前人之述备矣。”

范仲淹心怀大爱，“不以物喜，不以己悲”。他满含慈悲，有“先天下之忧而忧，后天下之乐而乐”的磊落襟怀。

他从词风鼎盛、百花璀璨的大宋走过，仅有五篇词作留世，却篇篇经典，耐人品味，余韵悠悠。

范仲淹出身官宦世家，其父范墉早年在吴越为官。宋朝建立后，范墉追随吴越王钱俶归降大宋，曾任武宁军节度掌书记。

但范仲淹的身世却是凄苦的：他两岁时父亲病逝，母亲改嫁朱文翰，他亦随着继父改了姓名，被唤作朱说。

他后来得知身世，无比伤感，立志远行，前往应天府求学。

那时的范仲淹，博通儒家经典，有济世情怀。

二 用尽机关，徒劳心力，只得三分天地

大中祥符八年（1015年），他二十七岁，参加科考，中乙科第九十七名，被任为广德军司理参军。

范仲淹有了官职，便将母亲接来颐养天年，并在两年后，升文林郎，恢复本名。

在他为母守丧时，身为南京留守的晏殊闻其才名，邀请他到书院任职。范仲淹在书院主持教务，勤勉致知，赢得许多声誉。后上疏陈言，奏请改革吏治。

在宰相王曾诸人的帮助下，仁宗召范仲淹入京，任秘阁校理，负责校勘典籍诸事。

范仲淹品如霁月，行事风格多刚猛铿锵，不畏权贵。他见仁宗在位，却是太后主政，便借着仁宗要率百官祝寿之事，上书言事。

他谏言仁宗以家礼则可，不必引百官朝拜，免损威严。然而，仁宗并未答复。他冒死上书太后，让她还政仁宗。

那时的范仲淹，无丝毫怯懦与畏惧，勇往直前。幸而，在那大宋鼎盛时期，他未因此惹来杀身之祸。晏殊知道后，大惊失色，生怕他的轻率累及己身。

历来，在朝官员每逢贬谪，总是师友相从，利益相关。范仲淹未因此自惭，他写信陈由，细数利害，“奈何后代必有舅族强炽，窃此为法，以仰制人主者矣”。

范仲淹还是走了，在一场必输的争斗中，他选择转身离去。他流落江湖，亦心忧天下，悲悯众生。

直到几年后，太后身亡，仁宗亲政。仁宗才召范仲淹回京，拜为右司谏。

当太后去世，大臣们讥议其过失时，范仲淹却认为太后养护仁宗有功，当掩饰其过失，成其美德。

在风雅的宋朝，他不耽于个人诗意而精致的生活，活得那般执着、认真。

他亦有许多吟咏之作，但更多的是为政、为民而写。范仲淹是大宋文人的典范，是当时官场的砥柱。

剔银灯

昨夜因看蜀志，笑曹操孙权刘备。用尽机关，徒劳心力，只得三分天地。屈指细寻思，争如共、刘伶一醉。

人世都无百岁。少痴騃、老成尪悴。只有中间，些子少年，忍把浮名牵系。一品与千金，问白发、如何回避。

忍把浮名牵系，他也知多少争斗都是徒劳心力。

他的心中，有太多的忧虑，太多的不安。他过于纯粹、正直，进亦忧，退亦忧，才会让他看淡兴衰，一往无前。

他忠心耿耿，却不迂腐。他鄙夷宵小，但非鲁莽无谋。他或为一个不相干的人，搭上前程；或为一件可争可不争的事，触怒权贵。

他的刚正，必为弄权者所忌。宰相吕夷简与皇后有隙，趁她误伤仁宗，吕夷简协同内侍阎文应等人主张废后。

范仲淹却觉不妥，欲奏明仁宗，不得。他率官十数人跪伏垂拱殿外，请求召见。吕夷简出来传话。范仲淹据理力争，令吕夷简哑口无言。

次日，范仲淹本欲趁早朝之机，当面谏诤，却等来了一纸诏书。

他和那些一起进谏的官员，悉数遭贬，无一幸免。

三 眉间心上，无计相回避

仕宦生涯，浮沉本是常态，他无惧世事变迁。

他先知睦州，后知苏州。在苏州，他率领民众疏通河渠，兴修水利，引湖水入海。

他忙于政务，甚至无闲暇多看一眼这婉约的江南。

偶有诗作寄兴，他亦叹人世蹉跎，不如那江上往来的渔舟，出没风波，自在闲逸。

江上渔者

江上往来人，但爱鲈鱼美。

君看一叶舟，出没风波里。

无论是在江湖之远，还是在庙堂之高，他都竭尽心力。时不我待，在历史奔腾不息的浪涛中短暂停留，也许就会被湮没。

范仲淹回到京城，升为吏部员外郎、权知开封府，整肃官衙，剔除弊政。当时流传着一句话："朝廷无忧有范君，京师无事有希文。"

他因不满宰相把持朝政，任人唯亲，进谏《百官图》，陈述积弊，并劝仁宗亲掌升迁之事。吕夷简也不妥协，反说他越职言事，离间君臣。

于是，范仲淹再次遭贬。

虽然这次争端让许多与范仲淹相交之人遭牵连，但一年后，吕夷简被免除宰相之位。范吕之争，已经毫无意义，倒是仁宗下诏，禁止官员们互结朋党。

月华如练，残酒未醒。坚韧如他，亦有温柔缠绵时，连眉间也有一抹淡淡愁怨。

御街行·秋日怀旧

纷纷坠叶飘香砌，夜寂静，寒声碎。真珠帘卷玉楼空，天淡银河垂地。年年今夜，月华如练，长是人千里。

愁肠已断无由醉，酒未到，先成泪。残灯明灭枕头欹，谙尽孤眠滋味。都来此事，眉间心上，无计相回避。

“眉间心上，无计相回避。”人生寂寞如雪。坎坷的仕途中，他也许一直独行，也许一直有位佳人默默相伴，患难与共。

因他屡遭贬谪，梅尧臣书《灵乌赋》以劝，他回作《灵乌赋》，称“宁鸣而死，不默而生”，尽显气节。

他不怯懦，更不妥协。

四　碧云天，黄叶地，秋色连波，波上寒烟翠

北宋景祐五年（1038年），元昊称帝，建国名大夏，并率兵进犯城池。康定元年（1040年）三月，仁宗召范仲淹回京，授以

官职。

同年七月，范仲淹升为龙图阁直学士，与韩琦并为陕西经略安抚副使。他智勇双全，在官场政绩非凡，以铮铮铁骨，于边塞再起风云。

数年间，他出入边塞，守在边关，与敌军对峙，临危不惧，气吞山河。

硝烟散去，落日孤城，羌管悠悠，有一种说不尽的苍凉。在这时，范仲淹写下了几首千古名词。

渔家傲

塞下秋来风景异，衡阳雁去无留意。四面边声连角起。千嶂里，长烟落日孤城闭。

浊酒一杯家万里，燕然未勒归无计。羌管悠悠霜满地。人不寐，将军白发征夫泪。

苏幕遮

碧云天，黄叶地，秋色连波，波上寒烟翠。山映斜阳天接水，芳草无情，更在斜阳外。

黯乡魂，追旅思，夜夜除非，好梦留人睡。明月楼高休独倚，酒入愁肠，化作相思泪。

“碧云天，黄叶地，秋色连波，波上寒烟翠。”如此清妙绝

佳的词句，真是百读不厌。

很难想象，这样婉约清丽之词，竟出自大宋的一位名臣、名将之笔。

他亦有羁旅哀愁，有相思之苦，有柔情万千。他在边塞，思念遥远的恋人，但边关战事紧迫，怎可念儿女情长，风花雪月？

为着战事，范仲淹殚精竭虑。他思之再三，建议仁宗先以军威恩信招纳西羌，让元昊的大军没了向导，再徐图西夏。

此策略效果显著。他对来归附的羌人视若城民，约定赏罚。时日久了，羌人遂脱离西夏之控制，甘愿为宋效力。

庆历三年（1043年），元昊请求议和，边事渐宁。仁宗召回范仲淹，授枢密副使。

比起许多贤臣，范仲淹遇着明主，又是几多幸运。

仁宗又擢欧阳修、余靖、王素和蔡襄为谏官，故一时贤良在堂，天下熙熙。

他们深知范仲淹的才品，故上言举荐。仁宗欲拜范仲淹为参知政事，他推辞不就，直到八月，方领了职。

仁宗多次召见贤良，征询国事。范仲淹回他，朝中积弊已久，非朝夕能改。仁宗亲笔下诏，开天章阁，陈设笔砚，以待金言。

范仲淹诚为惶恐，作《答手诏条陈十事》，上书言事。

五 芳草无情，更在斜阳外

正是范仲淹的心忧天下、赤胆丹心，才有了仁宗视他如宝、待为卿相。

也正是仁宗的奋发图强、锐意进取，才有了范仲淹的犯颜直谏、舍生忘死。二者相辅相成，缺一不可。

又正是仁宗与诸贤臣的互相成就，才造就了“仁宗盛治”。或者，恰是这种浮华的假象，误了宋朝许多后来的才子。

随着“庆历新政”的实施，朝中官员恩荫锐减，磨勘严密。这让一些人郁郁不乐，又惴惴不安。于是，毁谤之言渐出，朋党之论又起。

适逢边事正急，范仲淹请求外巡。几番折腾，遂被免去参知政事之职，以资政殿学士知邠州，兼任陕西四路宣抚使。

范仲淹因病痛难熬，请求他任，以避严寒。随着诸贤离京，新政渐被废止。

庆历六年（1046年），他抵达邓州，修览秀亭，筑春风阁，建百花洲，并设立花洲书院。他每逢闲暇，即到书院讲学，以振文运。

他在邓州任知州三年，百姓安居，民风淳朴。他的《岳阳楼记》正是在这里写成的。他亦因此闻名遐迩，赫赫扬扬。

他忧国忧民的情怀，不因年龄的增长而渐至衰微。

他强撑病体，先后在杭州、青州留下身影，并为当地留下许多传说。至今，青州城外的范公亭，依然苍翠如初，看过客往来。

他在前往颍州，扶疾上任的路上，驾鹤西辞。仁宗悲痛万分，御笔亲题“褒贤之碑”，赠吏部尚书，谥号“文正”。

范仲淹的《岳阳楼记》是历史的一缕清风，拂过众生的记忆。

千百年来，或许无人记得他曾经有过的功绩，但他“先天下之忧而忧，后天下之乐而乐”的博大襟怀，始终令人感动。

“碧云天，黄叶地，秋色连波，波上寒烟翠。”此时虽是盛夏，但荷风阵阵，我见此词，已觉秋意。

若不读史书，不知他的故事，我当真会误以为范仲淹仅仅只是大宋王朝里一个婉约的词人，一位温柔深情的男子。

其实，那漫长的仕宦生涯，或荣或辱，或成或败，皆可省略。

一首词，一篇小文，即是他的一生一世。

张先

安享富贵，取乐青楼，一生风流自赏

一 一树梨花压海棠

宋词千姿百态，词人灿若繁星，锦句也是俯拾皆是。有些词读完转瞬即忘，有些词则令人念念不忘。

宋朝的人物，若论风流，莫过于柳永。他一生，流连烟花柳巷，四处留情，死后都是由青楼歌妓凑钱将之安葬。

还有一个人，风流自赏，纵情不羁。他在宋史无传，却盛行词坛，风靡北宋。

他叫张先，号子野，是北宋王朝最高寿的词人，历太宗、真宗、仁宗、英宗、神宗五朝，可谓阅尽沧桑。但其心纯粹，久历世事，不染风尘；惯看圆缺，悲喜从容。

张先一生虽官运平平，但仕宦无波，安享富贵，诗词风流，令人称羡。

他与欧阳修、苏轼、晏殊等文豪相交。在那个重文的朝代，吟咏诗词，吃酒品茗，皆是风雅之事。不必为官为相，亦可盛名远扬。

《石林诗话》记载，张先“能诗及乐府，至老不衰”。他的词多写文人墨客的诗酒生活和痴男怨女的情事。

清末的陈廷焯评其词：“才不大而情有余，别于秦、柳、晏、欧诸家，独开妙境，词坛中不可无此一家。”

他不像那些文人墨客，为了功名，每日汲汲营营，患得患失。他每日耽于诗酒，追花觅蝶，不亦乐乎。

历史上，那位以八十岁高龄娶十八岁女子为妾之人，即北宋词人张先。

那时的张先，定居杭州，置身风流温婉之地，虽年过八旬，但也没让自己闲着。他一生纳妾无数，最后一位小妾，年方十八。

一日，张先于府中设宴，款待几位诗友。酒过三巡，微醺时，他怀抱美人，赋诗一首：

我年八十卿十八，卿是红颜我白发。
与卿颠倒本同庚，只隔中间一花甲。

在座的苏轼听罢，亦即兴和诗一首：

十八新娘八十郎，苍苍白发对红妆。
鸳鸯被里成叠夜，一树梨花压海棠。

一个是白发须翁，一个是清丽红颜，彼此间相差了六十多岁。他不觉惭愧，反觉春风得意，逍遥快活。

苏轼后来也有朝云做伴。朝云比苏轼年轻二十七岁，陪他共赴荣辱，与他生死相随。自古才子风流，谁也不甘示弱，不肯寂寞。

张先一生纳妾无数，也流连风月，取乐青楼，但他不像柳永那般游历江湖，落魄颓废。他有功名寄身，是个富贵而散淡之人。

二 花不尽，月无穷。两心同

张先生于江南，其词笔也浸润了山水，婉约多情。他虽不慕功名，但也饱读诗书，于四十一岁得中进士，历任宿州掾、吴江知县、嘉禾判官等。

他虽官不显达，但亦因职位低微而不曾卷入朝堂的纷争。他守着自己的小小领域，拿着微禄，享现世安稳，以诗酒自娱。

历史上，有关张先为官期间的政绩多不可考，有关他身世经历的资料亦微乎其微。他的几段情事，却为人所津津乐道。

《古今词话》记载，张先年轻时曾与庵庙里的一位小尼姑相爱。

那时的张先，书生模样，潇洒不羁；小尼姑则容颜清秀，俏丽非凡。他们邂逅在山花烂漫的郊外，一见倾心。

小尼姑日日于庵堂读经、坐禅，无闲暇出去谈情。张先按捺不住内心的相思之情，频频去往庵堂与她相会。

庵中的住持察觉后，将小尼姑禁于池塘中央的孤岛阁楼。为了私会，张先每到夜深人静时，便偷偷划着小船去这座孤岛。

如此，二人过了一段巫山云雨、情意缠绵的日子。后来，风流之事败露，小尼姑被遣去了更远的庵庙。自此一别，两人再未相逢。

张先念及这段情感，心有遗憾，作词以寄。

一丛花

伤高怀远几时穷？无物似情浓。离愁正引千丝乱，更东陌，飞絮蒙蒙。嘶骑渐遥，征尘不断，何处认郎踪？

双鸳池沼水溶溶，南北小桡通。梯横画阁黄昏后，又还是，斜月帘栊。沉恨细思，不如桃杏，犹解嫁东风。

诉衷情

花前月下暂相逢。苦恨阻从容。何况酒醒梦断，花谢月朦胧。

花不尽，月无穷。两心同。此时愿作，杨柳千丝，绊惹春风。

相爱之人，被迫劳燕分飞，多少恨意，无有穷尽。恰似春风飞絮两无情，落花流水不相知。

小尼姑此生经历这样一段感情，日后独对青灯黄卷，徒留一人寂寞。慢慢地，心思枯竭；渐渐地，生命老去。

而他，几番相思之后，人生又是几场莺歌燕舞，一段花前月下。

三　尘香拂马，逢谢女、城南道

某天，在去往玉仙观的途中，他遇见名妓谢媚卿。

她早闻张先词名，且他的词在青楼时有传唱。他亦知谢媚卿之名，一代名妓，为无数官宦名流所倾慕。

二人皆是多情之人。才子佳人，有缘邂逅，暗生情愫。他风度翩翩，她花容月貌，便有了那金风玉露的相逢，有了良辰美景的缠绵。

奈何相逢太晚，相爱太迟。身为青楼名妓，她有太多的不得已，既不能长相厮守，又怎可为他一人消磨光阴？

在他们欢爱了一段时日后，她决意斩断情丝。她知他风流成性，且家中妻妾成群，而她不过是他情感中的一名过客，纵得他真心相待，终可有可无。

相爱却不得相守，这让他虽有不舍，万般怅惘，但亦无可奈何。他作词相赠，她亦觉伤感，却不能再为他多情回眸。

谢池春慢·玉仙观道中逢谢媚卿

缭墙重院，时闻有、啼莺到。绣被掩馀寒，画阁明新晓。朱槛连空阔，飞絮知多少？径莎平，池水渺。日长风静，花影闲相照。

尘香拂马，逢谢女、城南道。秀艳过施粉，多媚生轻笑。斗色鲜衣薄，碾玉双蝉小。欢难偶，春过了。琵琶流怨，都入相思调。

她沦落青楼，于深墙重院，看柳絮纷飞，不知要在此度过多少个日夜。

她习琴作画，能歌善舞，却只为送往迎来。她遇商贾墨客，也遇高官名流，但他们来此，皆为消遣。露水之缘，短如朝露，她已习惯并且接受。

尘香拂马。这一次，他们相遇在城南陌上。她略施粉黛，已百媚嫣然。他为她着迷，沉陷。她动了真情，却始终有所保留。

欢难偶，春过了。他们的情缘，就像暮春的花事，绿肥红瘦。

此后，他们也许藕断丝连，也许不复相见。直到有一天，她花容失色，是否还有人记得她过往的风华？那时的他，只怕又为一人魂牵梦萦，相思填词。

故而，风月场里，她转身，不算负心；他挥手，亦不算薄幸。

四　心似双丝网，中有千千结

之后，张先于秀州、渝州、安州等地为官。他一生虽不显贵，没有青云直上的坦途，但平稳安定。

他不像苏东坡及诸多词客，他们虽有高才雅量，却一路坎坷，历尽风霜。

他人生的美好际遇，都来自情感。他把所有的辞章，皆倾付于佳人。

人世万般，虽有诸多不如意，但过去了，终云淡风轻。一如他与那许多女子的情缘，或长或短，且浓且淡，也聚也散。

他流连青楼，与她们诗词唱和，红尘尽欢；他忙于纳妾，让他在所有的光阴里都有红颜做伴，不惧似水流年。

他写缠绵的词，不知为谁魂牵梦萦，一往情深。

千秋岁

数声鶗鴂，又报芳菲歇。惜春更把残红折。雨轻风色暴，梅子青时节。永丰柳，无人尽日花飞雪。

莫把幺弦拨，怨极弦能说。天不老，情难绝。心似双丝网，中有千千结。夜过也，东窗未白凝残月。

又是一年暮春，梅子青涩，飞花如雪。张先对景伤怀，奈何佳人已渺，他仍念念不忘。

“天不老，情难绝。心似双丝网，中有千千结。”相思如网，缠绕于心，无以释解，摆脱不去。

陈廷焯说子野词“有含蓄处，亦有发越处，但含蓄不似温、韦，发越亦不似豪苏腻柳”。

张先在暮年往来杭州、吴兴之间，以垂钓和填词自娱。这期间，他与名士遍游山水，吟唱往还，深得意趣。

人世变迁与他无关，兴废荣枯亦与他无关。

在江南一带，张先之名，声闻遐迩。他为官妓填词，多写风月情事、男欢女爱，但闲适淡雅。

他不悲天悯人，更不关心政事。

五 风不定，人初静，明日落红应满径

他的词婉约清丽，语言工巧，情韵深浓，也饶有趣味。他曾因三处善用“影”字，得名“张三影”。《古今诗话》记载：“有客谓子野曰：‘人皆谓公张三中，即心中事、眼中泪、意中人也。’公曰：‘何不目之为张三影？’客不晓。公曰：‘云破月来花弄影；娇柔懒起，帘压卷花影；柳径无人，堕风絮无影。此余生平所得意也。’”

因此，人们就称呼他为“张三影”。

他的一首《天仙子》，深得人心，传唱千古。

天仙子

时为嘉禾小倅，以病眠不赴府会。

水调数声持酒听，午醉醒来愁未醒。送春春去几时回？临晚镜，伤流景，往事后期空记省。

沙上并禽池上暝，云破月来花弄影。重重帘幕密遮灯，风不定，人初静，明日落红应满径。

《人间词话》曾评："'云破月来花弄影'，着一'弄'字而境界全出矣。"

最喜那句"风不定，人初静，明日落红应满径"。景物如画，似在眼前，景与心交融，其精彩之处，令人拍案叫绝。

他与苏轼、孙觉、李常皆有深厚的友谊。张先比苏轼年长四十余岁，故二人属忘年交，亦师亦友。彼此间多有诗酒唱和，在北宋文坛，留下了几多风流雅事。

张先这一生锦衣玉食，富贵恬淡，令他有足够的精力，流连风月，往返花丛。

与之交往的，有青楼歌妓、庵庙尼姑、良家女子，其中亦有不少绝色佳人。他待她们皆一样，付诸真心。

他将其喜爱的女子，只要是不受红尘羁绊的，皆纳为侍妾。他的风流，比柳永更甚，而柳永因仕途失意不及他洒脱自在。

后来，张先于八十五岁高龄仍买妾。他的情感不曾枯萎，人生亦不曾蹉跎。

苏轼对其纳妾之事，写诗调笑，甚是幽默。

张子野年八十五尚闻买妾述古令作诗

锦里先生自笑狂，莫欺九尺鬓眉苍。
诗人老去莺莺在，公子归来燕燕忙。
柱下相君犹有齿，江南刺史已无肠。
平生谬作安昌客，略遣彭宣到后堂。

“诗人老去莺莺在，公子归来燕燕忙。”纵然老了，他依旧在温柔乡里辗转，频频入梦，竟不知梦醒又在何时。

他的世界，没有劫难，没有紧迫，亦无惊惧。他在八十九岁那年，辞别身边的小妾，寿终正寝，毫无牵挂。

那时的张先，早已赋闲在家，远离功名多年。暮年所有的时光，皆付于饮酒作词。他占尽风流，与歌妓往来；其春风词笔，只为博红颜一笑。

他是北宋最高寿的词人。他漫长的一生，却比别人短暂的人生更平坦顺畅。

他潇洒红尘，快意江湖，就连沧桑都是温柔的。

人生匆匆，百年光阴也只是一瞬。就让我们用张先的一首《浪淘沙》散场。

浪淘沙

肠断送韶华。为惜杨花。雪球摇曳逐风斜。容易著人容易去，飞过谁家。

聚散苦咨嗟。无计留他。行人洒泪滴流霞。今日画堂歌舞地，明日天涯。

笙歌尽，韶华远，杨花飞过谁家。

聚散无常，无计留他。今日画堂歌舞地，明日天涯。

卷二

人生如逆旅，我亦是行人

晏殊

一生富贵，宰相词人，走过宋朝繁华的时光

一 无可奈何花落去，似曾相识燕归来

自古才高者，多命运多舛，仕途坎坷。若说一生富贵，仕途顺遂，且能够善始善终者，唐代有贺知章，宋朝有晏殊。

若以人比鸟类，他是苑囿中之孔雀；若以人比草木，他是丹墀旁之茶花。他十五岁入馆阁读书，颇具佳态，不必云中接翼，倚波探水，自成风流。

与大多数才子的悲情身世不同，晏殊是命运的宠儿。他生逢北宋盛时，于神童的光环下长大。

他被称为“宰相词人”，一生与富贵相随，悠闲惬意，无灾无恙。欧阳修曾如此评价他：“富贵优游五十年，始终明哲保身全。”

他为人清醒，处世从容，活成了文人想要的模样。他功名得意，荣华集身，享诗酒清欢，纵然案牍劳形。

他位高权重，从政多年，未有过辉煌的业绩，亦无惊艳的成就，但他凭借才华安稳地走过宋朝繁华的时光。

他是宋词婉约派的一代宗师。他的词，多有华贵之气，清丽而不失高雅。他亦有伤春悲秋之作，皆用以打发光阴，消遣闲愁。

晏殊生逢北宋盛时，未经战乱，且得君王恩宠，仕途顺达，免去了飘零之苦。他的词如他的人生，无忧无惧，波澜不惊。

浣溪沙

一曲新词酒一杯，去年天气旧亭台。夕阳西下几时回？

无可奈何花落去，似曾相识燕归来。小园香径独徘徊。

“无可奈何花落去，似曾相识燕归来。”《浣溪沙》这首词是晏殊词中之佳作，为世人所喜，不因岁月流逝而更改。

他亦叹春光易逝，只是他不似乱世中的文人，经风云变幻，历沧海桑田。他忧愁时，也显得恬静，不慌不忙。

蝶恋花

槛菊愁烟兰泣露，罗幕轻寒，燕子双飞去。明月不谙离恨苦，斜光到晓穿朱户。

昨夜西风凋碧树，独上高楼，望尽天涯路。欲寄彩笺兼尺素，山长水阔知何处！

王国维在《人间词话》中写道："古今之成大事业、大学问者，必经过三种之境界：'昨夜西风凋碧树，独上高楼，望尽天涯路。'此第一境也。"

叶梦得在《避暑录话》中写道，晏殊喜宴请宾客，"未尝一日不宴饮，每有嘉客必留，留亦必以歌乐相佐"。

他结交名士，为朝廷选贤任能，提拔了一批人才。范仲淹、欧阳修、韩琦、富弼等名臣，皆出自他门下。

二 绿杨芳草长亭路，年少抛人容易去

晏殊生于北宋淳化二年（991年），别名"晏元献"，字同叔，抚州临川人。

他也是早慧之人，七岁即能挥毫入纸，点词成篇。

在十四岁时，他又遇着伯乐——北宋贤相张知白。张知白当时在江南，以神童之名荐之，召他入京。

次年，晏殊与诸进士一起，入殿应考。他虽年幼，但并未怯场，着笔落墨，展露风华。

待考诗赋时，晏殊见题是旧时习作，要求另换试题。他的才华、胆识和真诚的态度深得宋真宗看重，赐同进士出身。

虽然宰相寇準对此颇有异议，但真宗并未采纳寇準的意见。

真宗授晏殊秘书省正字，留秘阁读书并深造。

他是幸运的，临着人生大考，几多从容，虽有坎坷，但终是有惊无险。

古人的功名，来之不易；纵有满腹文章，其进退成败，亦身不由己。

那些卿相内臣，哪怕随口一语，即可改人命运。若非真宗首肯，又对他眷顾有加，一念，或让他潦倒数载。

他身在京城，心入书海，垂帘下帷，埋头苦读，十八岁时，得任光禄寺丞。那时天下无事，才子士人嬉游燕赏，欢喜终日，唯有晏殊闭门读书。

真宗问他缘故，他回答："臣非不乐燕游者，直以贫，无可为之。臣若有钱，亦须往，但无钱不能出耳。"如此回答，可谓诚实、坦荡，又恰到好处，故他深得真宗喜爱。

都说写诗作文，须穷而后工。若非生平起落，悲欢离合，怎会有千古文章？

正如欧阳修在《梅圣俞诗集序》中所说："然则非诗之能穷人，殆穷者而后工也。"自此起，这句话成了文人的一盏佳茗，给枯燥的文字生涯，增了几多念想。

然而，唐宋写诗填词之人成千上万，真正留名的又有几个？那些才学惊世之人，纵无贬谪流离，亦可留名，比如晏殊。

才学寻常、家世不济之人，若不得伯乐赏识，终是载薪之马，甚至一生坎坷，穷苦至老。他的笔墨亦不值一文，唯随身骨化尘罢了。

晏殊不同，他有才学，有身份，有地位。他无须历练，不必经穷苦，出入官场，犹能字字珠玑，词采过人。

三 昨夜西风凋碧树，独上高楼，望尽天涯路

其实，晏殊的前半生并不平静。几年内，他经历了父亡、母亡，丧妻。只是，他性情内敛，懂得适可而止罢了。

古人服丧，对仕途的影响甚深。若遇动荡，三年时间，足可换去半朝臣子。

晏殊是幸运的，他服丧期未满，就被召回任职，随真宗前往太清宫祭祀，随后奉诏编修宝训，“同判太常礼院”。

他的仕途，丝毫不受影响。只是，丧亲之痛他实难排解。

不久后，晏殊被提升为左正言、直史馆，做了昇王府记室参军。之后，他更是一路风光，迁为户部员外郎，兼太子舍人，直到做了翰林学士，迁为左庶子。

这时的晏殊，仅仅三十岁而已。那些或献赋，或隐居，或拜谒的人，百般折腾，亦未必能得半纸功名。

他知识渊博，反应敏捷。真宗每遇难处，总是用方寸小纸写下疑难，询问于他。

他知真宗之意，将答奏之言，私下封呈，不露风声，故被真宗器重，倚为股肱。

他一路升擢，可谓颇为坦顺，但命运出现起伏，则是从仁宗登基，太后听政开始的。

那时，仁宗才十三岁；太后遵从真宗的遗诏，在旁听政。同平章事丁谓、枢密使曹利用二人欲借机独揽大权。晏殊提出了“垂帘听政”的礼仪，即群臣都不准单独晋见太后。

接下来，他又一路升职，但因一次违背太后旨意，并些小事，遭御史弹劾，于天圣五年（1027年），被贬至宣州。不出几个月，又改知应天府。

这是晏殊第一次惨遭贬谪，那时的他已近不惑之年。半生坦途，已经让他在心底种下信念，即无论遭遇什么，生活终会雨过天晴。

他在应天府时，大力扶持应天府书院，重视教学。他听闻范仲淹为母守丧而居府中，即力邀其来书院讲学。

范仲淹亦是厚重之人，执掌教务，勤勉督学，以身示教，使书院的学风焕然一新。

自此，应天府书院（又称“睢阳书院”），与白鹿洞书院、嵩阳书院、岳麓书院合称宋初四大书院。

五代以来，书院屡遭禁毁，至晏殊始兴。晏殊后来任宰相，又与枢密副使范仲淹一起，倡导州、县立学，并进行教学改革，官学设教授之职。

自此，官学遍地，此举被称为“庆历兴学”。

四　人面不知何处，绿波依旧东流

晏殊亦是多情人，也有相思闲愁，只是那千丝万缕的情感，不知为谁。

玉楼春

绿杨芳草长亭路，年少抛人容易去。楼头残梦五更钟，花底离愁三月雨。

无情不似多情苦，一寸还成千万缕。天涯地角有穷时，只有相思无尽处。

清平乐

红笺小字，说尽平生意。鸿雁在云鱼在水，惆怅此情难寄。

斜阳独倚西楼，遥山恰对帘钩。人面不知何处，绿波依旧东流。

之后，晏殊再度获诏入朝，拜御史中丞，迁兵部侍郎，再升任参知政事，加尚书左丞。参知政事，相当于副宰相之职。

这时的他经历过一番游历，归来，穿金戴紫，富贵无边。

那时的天子，仁厚圣明。晏殊喝着丰年酒，填着婉约词，感受着赢家的人生。

破阵子

燕子来时新社，梨花落后清明。池上碧苔三四点，叶底黄鹂一两声，日长飞絮轻。

巧笑东邻女伴，采桑径里逢迎。疑怪昨宵春梦好，原是今朝斗草赢，笑从双脸生。

也许他习惯了与真宗交流，遇事定敞开心扉，尽心以劝。明道二年（1033年），他被贬亳州。

直到五年后，仁宗召晏殊任御史中丞，复任三司使。相比于前半生的青云直上，此时的些许坎坷倒是无碍。

人生苦短，在有限的光阴里，终会有波涛起伏。

功名之外，于情场，想来他亦称心如意。他珍惜世间一切美好，享酒筵歌席，不负此生。

浣溪沙

一向年光有限身，等闲离别易销魂。酒筵歌席莫辞频。

满目山河空念远，落花风雨更伤春。不如怜取眼前人。

他的眼前人也许在远方，也许在身旁，但这个人一直萦绕在他的生命中，至死不渝。

晏殊的高峰是在官拜宰相，以枢密使加同平章事时。这时的他兼任宰相和枢密使之职，位极人臣。

虽然宋朝的宰相职权已经有所削弱，但其地位依旧是文人墨客心中的终极梦想。他想辞去枢密使之职，不过未得仁宗的允许。

这时，仁宗又重用范仲淹、富弼、韩琦等人，改革吏治。此次改革，牵涉范围太大，直接动了士大夫阶层的根基。

所以，改革失败亦是必然的。晏殊不是高歌猛进之人，他习惯了安稳、富贵，甚至为此事规劝过范仲淹，但并未奏效。

不久后，晏殊被罢相，贬为工部尚书知颍州，后又以礼部、刑部尚书知陈州、许州。

五　满目山河空念远，落花风雨更伤春。不如怜取眼前人

在晏殊生命中的最后十年，他并未住在京城，而是漂泊各处，形似漂萍。

晏殊六十四岁时回京就医，随在仁宗左右，为他讲解经史，出入都按宰相礼仪。次年，他驾鹤远行，仁宗亲往祭奠，诏令辍朝二日，以示哀悼。

晏殊慧眼识珠，得桃李满天下，范仲淹、富弼、韩琦等人，都与他有师生情分。

富弼还是他的女婿之一，是他在贫寒士子中识出的珍珠。

他的第七子晏幾道亦是婉约派词人，与他词风相似，造诣过人，世人称他们为“二晏”。

他有盛名，播于四海；有子，可以承业。他一生功名加身，富贵优游。人生至此，还有何遗憾可言？

他唯一错过的词人，可能就是柳永。柳永当年中了进士，但吏部不放官，他曾往晏殊的府上拜望。

晏殊并不欣赏柳永，“殊虽作曲子，不曾道‘彩线慵拈伴伊坐’”，与柳永划清界限。

晏殊为人不偏不倚，圆滑通达，善于隐藏自己，明哲保身。不管是写文填词，还是为人处世，他皆是点到为止。

他不会消费悲情，也不会分享得意。他的词仿佛是为别人而写，而他只是一名看客。

你无法从他的词里读出他的秘密。他与人交往，也保持适度的原则，不喜与人太过亲近。他虽喜宴请嘉客，诗酒唱和一番，但对心事始终有几分保留。

他甚至对性情中人心生不悦，颇感厌烦。乐观、旷达的欧阳修在他眼中，不过是“吾重修文章，不重他为人”。

他虽心中有数，自立规矩，但并非清淡潇洒，荣辱不惊。他曾因侍从迟到，用笏板打落人家的牙齿。他亦因遭谪贬时官奴唱一句“千里伤行客”，而大发牢骚。

当然，这是他少数情感激越的时刻，哪怕他刻意深藏。在这个繁芜的世间，浅尝辄止何尝不是一种处世哲学？

他这一生，写词万首，然而大部分词已散失，仅存《珠玉词》百余首。

王灼在《碧鸡漫志》中对晏殊的评价为“风流蕴藉，一时莫及，而温润秀洁，亦无其比”。

他的词，深受南唐词家影响。作为“江西词派”的领袖人物，他“上承南唐之风，下启苏秦先河”。他开创了婉约词风，给词坛带来繁荣之景象。

“梧桐昨夜西风急，淡月胧明，好梦频惊，何处高楼雁一声？”（《采桑子》）

人生恰如窗外的月色，朦胧疏淡，如月有圆有缺。纵将山水看透，沧桑历尽，人亦难做到彻底的清醒、纯粹。

宋祁

一掷千金，及时行乐，世称红杏尚书

一 浮生长恨欢娱少，肯爱千金轻一笑

唐宋文人，多因诗词而成名。唐有诗仙、诗圣，宋亦有词圣。更有许多风流词客，因词中佳句而得雅号。

他们或在政治上平庸碌碌，无所作为，却以诗词称绝，留名青史。

秦观因一句“山抹微云，天连衰草”（《满庭芳》）而被称作“山抹微云君”。贺铸因一句“一川烟雨，满城风絮，梅子黄时雨”（《青玉案》）而被称为“贺梅子”。宋祁则因一句“红杏枝头春意闹”而有了“红杏尚书”之称。

宋祁的《玉楼春》赞颂春光明媚，浮生有限，人须及时行乐之情趣。

玉楼春

东城渐觉风光好，縠皱波纹迎客棹。绿杨烟外晓寒轻，红杏枝头春意闹。

浮生长恨欢娱少，肯爱千金轻一笑。为君持酒劝斜阳，且向花间留晚照。

“浮生长恨欢娱少，肯爱千金轻一笑。”他知流光易逝，趁华年锦时，当遍赏春光，珍惜当下。

宋祁的一生，恰如他的雅号——红杏尚书。作为官员，他敢于进谏，官至尚书，享尽尊荣；作为文人，他也纵情风月，及时行乐。

宋人重风雅。宋祁不甘示弱，他一生风流，奢靡放纵，但他为人坦荡磊落，更有风流的资本。

宋祁，字子京，小字选郎。祖上是官宦之家，高祖宋绅在唐昭宗时任御史中丞，后因言语不当而获罪至被罢官。

到了宋祁的父亲这一代，宋家已家道中落。父亲虽只有微职低禄，但对宋祁兄弟二人的教育甚为严谨，毫不懈怠。

宋祁和兄长宋庠，皆是博学能文，天资优越之人。宋庠为人庄重沉稳，宋祁则更为灵巧风流。

宋时首推的才子兄弟，自当是苏轼和苏辙，然二宋的声名不输二苏。

北宋天圣二年（1024年），宋祁与其兄宋庠同举进士，礼部本拟定宋祁第一，宋庠第三。章献太后认为弟弟不可排在兄长前面，于是定宋庠为头名状元，将宋祁放在第十位，所以有“双状元”之盛誉。

兄弟二人之名传遍京城，人称“二宋”。

二 绿杨烟外晓寒轻，红杏枝头春意闹

二宋双双步入仕途，年少有为，春风得意。

宋庠不苟言笑，整日捧读书卷，令人不敢过于亲近。宋祁则潇洒不羁，写诗作词，赢得许多佳人仰慕。

《宋史》曾这样评价二宋：“庠明练故实，文藻虽不逮祁，孤风雅操，过祁远矣。”

然而，宋祁之名又远胜过其兄宋庠。可见，宋词在宋人心中的位置是多么重要而不可撼动。那个时代，人可以没有功名，却不能缺少辞章。

宋祁初为复州军事推官，后经孙奭推荐，升任大理寺丞、国子监直讲。

诏召考试之后，他被授予直史馆，再升任太常博士，同知礼仪院，又迁为尚书工部员外郎，修起居注。

宋祁在官宦生涯中，有过“三冗三费”的上疏。他直言朝廷应该精兵简政，节约财政。

他为官时虽无大的功业，然他的上疏，却显示出其具有不凡

的政治才华。

晏殊是宋祁的老师，师生皆是风流才子，趣味相投，贪图享乐。唐宋文人大多洒脱放纵，秉持人生得意须尽欢的原则。

《东轩笔录》记载：“昔晏元献当国，子京为翰林学士，晏爱宋之才，雅欲旦夕相见，遂税一第于旁近，延居之，其亲密如此。”

晏殊赠送宋祁房产，与之居于一处，饮酒作乐，可谓奢侈无度。

宋祁好客，时常邀文友，于广厦中饮宴，携妓助兴，快意逍遥。

陆游的《老学庵笔记》记载：“外设重幕，内列宝炬，歌舞相继，坐客忘疲，但觉漏长，启幕视之，已是二昼。名曰不晓天。”

锦缠道

燕子呢喃，景色乍长春昼。睹园林、万花如绣。海棠经雨胭脂透。柳展宫眉，翠拂行人首。

向郊原踏青，恣歌携手。醉醺醺、尚寻芳酒。问牧童、遥指孤村道：“杏花深处，那里人家有。”

他词文秀丽，多言清欢，不见闲愁。功名利禄或许可有可无，但美酒佳人却缺一不可。

三 画毂雕鞍狭路逢。一声肠断绣帘中

某日，宋祁不知从何处宴罢回府，微醺，心神俱佳，路过繁台街，恰巧遇上皇家车队。

他隐约听见车轿之内，有人轻唤一声“小宋”，语气温柔。

他顿时抬头看去，见车帘掀动，一妙龄宫女对他莞尔一笑。

就是这温柔一笑，令宋祁怦然心动，不能自持。直到车马浩然远去，他方回过神，怅然若失。

归去后，他为那轿中女子魂牵梦萦，遂填词一首。

鹧鸪天

画毂雕鞍狭路逢。一声肠断绣帘中。身无彩凤双飞翼，心有灵犀一点通。

金作屋，玉为笼。车如流水马如龙。刘郎已恨蓬山远，更隔蓬山几万重。

一首《鹧鸪天》很快在京城传唱，就连宋仁宗亦有所听闻。

仁宗问清缘由，后查访到那时掀帘之人乃一名宫女，于是召宋祁上殿，将宫女赏赐于他，亦算成全了一对才子佳人。

宋祁官运平顺，深受皇恩，又抱得美人归，令人称羡不已。

宋祁一生风流，妻妾成群。这女子只是他诸多红颜中的一位，也许同他欢爱过一段时日，便会被弃之不管。

为此，宋祁甚至还写过闺情词。词中描写闺中少妇的孤寂与空虚，情景生动。

蝶恋花·情景

绣幕茫茫罗帐卷。春睡腾腾，困入娇波慢。隐隐枕痕留玉脸，腻云斜溜钗头燕。

远梦无端欢又散。泪落胭脂，界破蜂黄浅。整了翠鬟匀了面，芳心一寸情何限。

自古男子动情容易，守情难。他亦想与一人携手终老，但他生性轻佻、放荡，爱风花雪月，爱美色佳人。

宋祁于情场得意，有如花美眷，占尽风流。

于官场上，他混迹三十余载，看似坦顺，实则波澜起伏。

四 为君持酒劝斜阳，且向花间留晚照

庆历元年（1041年），宋庠因与宰相吕夷简政见不合而被贬官到扬州。宋祁受其兄牵连而出知寿州，后至陈州。

宦海风云起伏，他倒也不悲不怨。不管行至何处，他依旧放纵诗酒，不负韶光。

庆历三年（1043年），宋祁回朝，以龙图阁学士任史馆修撰。

宋祁奉诏令同欧阳修等人合修《新唐书》。这是一项浩荡、宏伟的文字工程，前后历时十七年之久。

有关宋祁修《新唐书》之事，张岱的《夜航船》曾有此记录：

宋祁修《唐书》，大雪、添帟幕，燃椽烛，拥炉火，诸妾环侍。方草一传未完，顾侍姬曰："若辈向见主人有如是否？"一人来自宗室，曰："我太尉遇此天气，只是拥炉，下幕命歌舞，间以杂剧，引满大醉而已。"祁曰："自不恶。"乃阁笔掩卷起，遂饮酒达旦。

可见，宋祁为人随性，喜享乐。他修书时，不仅有红袖添香，还有茶酒相待。雪夜兴起，他干脆搁笔，饮酒达旦，忘乎所以。

修书乃为苦差，但他竟拥炉火，有诸妾环侍，可见其人是何等奢侈、率性。

他看似随意散漫，实则修书认真且严谨。《新唐书》的大部分内容是宋祁所作的。他的时光，一半用以行乐享受，一半用以伏案修书。

之后的宋祁，几番遭贬，时起时落，他都是随遇而安。

他去过许州、亳州、益州、定州等地。为官期间，他亦有不少政绩。

仕途上或失意，或灿烂，他似乎皆不畏惧风雨，也不傲世轻物。

他这一路有风景相伴，有佳人作陪。些许挫折遗憾，他都忽略不计。

直至《新唐书》修撰完毕，宋祁被升为翰林学士承旨、工部尚书。彼时已是嘉祐五年（1060年），宋祁已年过六旬，成了白头老翁。

他因一首《玉楼春》成名词坛，百世流芳，又因修《新唐书》而美名永传。

“浮生长恨欢娱少，肯爱千金轻一笑。”这句词是他一生的写照。无论成败，不管荣辱，他都不曾放弃梦想，不曾停止欢娱。

红杏恰如他的风流韵事，尚书则象征他官场的辉煌岁月。

五 沧海客归珠迸泪，章台人去骨遗香

人的一生，如流水落花，来去匆匆。昨日枝头开满繁花，明日或已凋零如雨。

落花二首

（其一）

坠素翻红各自伤，青楼烟雨忍相忘。
将飞更作回风舞，已落犹成半面妆。
沧海客归珠迸泪，章台人去骨遗香。

可能无意传双蝶，尽付芳心与蜜房。

嘉祐六年（1061年），宋祁因病去世。临终前，他亲自撰写了墓志铭和《治戒》。

《宋史》记载，宋祁交代葬礼及棺木皆要从简，不可铺张浪费，“三日敛，三月葬，慎无为流俗阴阳拘忌也。棺用杂木，漆其四会，三涂即止，使数十年足以腊吾骸、朽衣巾而已”。

《宋史》记载，他告诫子孙不要请名人为自己撰写墓志铭及碑文，他称“吾学不名家，文章仅及中人，不足垂后。为吏在良二千石下，勿请谥，勿受赠典”，他甚至连“冢上植五株柏，坟高三尺，石翁仲他兽不得用”亦交代得一清二楚，毫不马虎。

宋祁告诫子孙，切莫贪图虚无的名利，亦不要追求奢华，应崇尚俭朴。这一切与他生前纵情行乐的行径似乎格格不入。

宋祁一生比寻常文客更为幸运，他年少得志，中了状元。他入官场虽也经浮沉，但不至于落拓潦倒。

他沉迷声乐，一掷千金，喜铺张奢侈，爱结友交朋，故而一世锦绣，不落悲戚。

他晚年曾作词。

浪淘沙近

少年不管。流光如箭。因循不觉韶光换。至如今，始惜月满、花满、酒满。

扁舟欲解垂杨岸。尚同欢宴。日斜歌阕将分散。倚阑桡，望水远、天远、人远。

那时年少，不管流光如箭，良辰美景，高朋满座，觥筹交错，恣意飞扬。

直至日暮舟移，方知天下无不散之筵席。故人远去，曾经拥有的好时光亦远去。烟水茫茫，人去杯空，一切荣华与情爱归作尘土。

其实，时光是用来虚度的，并不是用来追悔的。此生，宋祁若崇尚节俭，便枉作红杏尚书。

宋人的风流，是焚香点茶，饮酒插花，挥毫泼墨；是坐酌泠泠水，看煎瑟瑟尘；是月上柳梢头，人约黄昏后；也是为君持酒劝斜阳，且向花间留晚照。

欧阳修

曾是洛阳花下客

一 门掩黄昏，无计留春住

“月上柳梢头，人约黄昏后。”如此美好温柔的意境，在近千年前的时光里徘徊。旧时的元夕，花灯璀璨，人影交织，有美丽的相逢，亦有无奈的擦肩。

唐代便有元夜赏灯、猜灯谜等习俗，至宋时其风更盛。无数达官显贵与才子佳人相约，观灯看景，亦赏灯谈情。

孟元老在《东京梦华录》中记录的灯市景象如下：“灯山上彩，金碧相射，锦绣交辉。”

有人相约黄昏后，看街市灯花如雨；有人独坐帘幕底下，听人笑语；还有人灯下邂逅，一见倾心，结成鸳侣。

生查子·元夕

去年元夜时，花市灯如昼。月上柳梢头，人约黄昏后。

今年元夜时，月与灯依旧。不见去年人，泪湿春衫袖。

今年元夜，灯与月依旧；奈何旧年相约的佳人，不知去了何处。

忆旧时元夕，春风沉醉的夜幕，如梦如幻。明月皎洁，依依烟柳。人在灯下，执手相看，唯愿地老天荒。

明月依旧，灯花绚烂，山盟犹在，佳人杳渺。这首词，唯美亦有淡淡感伤。

有人说，欧阳修一生风流，早年曾与某位青楼歌妓相恋。他们相约元夕黄昏，有过一段温柔的时光，后因情缘尽而徒添惆怅。

欧阳修又有词：

蝶恋花

庭院深深深几许？杨柳堆烟，帘幕无重数。玉勒雕鞍游冶处，楼高不见章台路。

雨横风狂三月暮，门掩黄昏，无计留春住。泪眼问花花不语，乱红飞过秋千去。

千古才女李清照曾在她的《临江仙》词序中写道：“欧阳公

作《蝶恋花》，有‘深深深几许’之句，予酷爱之。用其语作‘庭院深深’数阕，其声即旧《临江仙》也。”

被称作“婉约正宗”的李清照，填了几阕“庭院深深”，颇有韵致。她的风华，属于“试灯无意思，踏雪没心情”（李清照的《临江仙》）。然而，欧阳修的这首《蝶恋花》，清隽不俗，不弱易安。他幽情在怀，未尽于尺牍之间。

很难想象，这样婉约的文字，竟出自文客欧阳修笔下。此外，欧阳修还是北宋的政治家、文学家，历仕仁宗、英宗、神宗三朝，官至翰林学士、枢密副使、参知政事。

欧阳修领导北宋的诗文革新，继承并发展韩愈的古文理论，开创一代文风。后人将他与韩愈、柳宗元和苏轼合称“千古文章四大家”。

二　行乐直须年少

欧阳修四岁丧父。母亲带他投奔叔父，过起了清贫日子。那位贤良淑德的母亲，为了教幼小的欧阳修认字，以荻为笔，以沙为纸，教他书写横平竖直。

少年的欧阳修勤奋好学，聪慧灵秀，常从城南人家借书抄读。文未抄完，他已然成诵。他虽年幼，但写诗作赋，可谓文笔清奇，已不弱于青年才俊。

欧阳修的才华初露头角，他的风流就让他在唐代的文客间寻到了知己，也就是韩愈。

世间有一种因缘，冥冥中有巧妙的联系。若真有前身之说，那么苏轼的前身是白居易，欧阳修的前身则是韩愈。

世上的文字，也是万紫千红的，总有一种适合你，适合我。这文字或清秀隽永，或慷慨激昂，或运笔深厚，或飘然潇洒。

文字虽风格有异，百态千姿，但有些文字，流经你的时光，落于心间，便刻骨难忘。

有些词句，简约平淡，却能触动柔软的心弦。有些词句，华美旖旎，可以装饰乏味的日子。还有些词句，清澈如水，可洗却内心所有的浮尘。

欧阳修与韩愈有缘，他读到韩愈的文章后，爱不释手，感慨万千。这些文章，为他在多年以后踏上古文革新之路，埋下深邃的伏笔。

欧阳修与大多数文人一样，心怀锦绣，志存高远。他年少时参加科举考试，接连落榜。后来，欧阳修跟随知汉阳军的胥偃前往京师，并得其保荐，就试于开封府国子监。

之后的欧阳修一路风光无限，连中各试第一，以必胜之心参加殿试。

他自恃才高，必为殿魁，故落笔铿锵，英气尽显。然而，他并未如愿，仅中第十四名，二甲进士及第。

他虽科场失意，却未遗落江湖，领了微职，充任西京留守推官。

宋代有“榜下择婿”之俗，许多高官大族在发榜之时会在新中进士间择佳婿。欧阳修刚中进士，即被胥偃选中，招为女婿，并于次年成婚。

年少得功名、如花美眷，该是多好的韵事风流。世人以为鸳鸯相伴，白首到老，谁知情缘薄浅，转身便只能在梦里相逢。

待胥氏辞世，这段姻缘也成了逝水浮萍。人生如叶，身不由己；一夕生死，幻灭不过是摇曳之间。

然而欧阳修的情缘，并未就此结束。人间芳菲，取之不尽，况他入了仕途，自然机遇无限。

三 曾是洛阳花下客

欧阳修曾有言：“我昔初官便伊洛，当时意气尤骄矜。主人乐士喜文学，幕府最盛多交朋。”

这时的欧阳修身在洛阳，遇到了钱惟演。钱惟演是吴越忠懿王钱俶之子，对年轻文客们关爱有加，不希望风华正茂的才子们拘于琐碎，浪费才思。

钱惟演纵容下属，任由他们吟诗对月，遨游山水。他甚至认为，这些风韵雅事才是文人墨客之本业。

欧阳修与同僚曾出游至嵩山，未归。钱惟演知道他们定然醉于美景，吟咏篇章。

钱惟演便着人寻了厨师，招了歌妓，送往嵩山与彼辈助兴，并传话尽情赏雪，不必着急归来。欧阳修能遇如此善解人意之伯乐，是其幸运。

“曾是洛阳花下客，野芳虽晚不须嗟。”（《戏答元珍》）在洛阳的这段时日，当是欧阳修生平美丽且安逸的时光。

人的一生纵一波三折，亦会有一段光阴令人频频回首，流连忘返，并在以后落寞失意时，给人以温柔的慰藉。

赏过洛阳的花，饮过三月的酒，以后无论遭遇多少坎坷、劫数，都可心无怨恨。

若此生有过一段美妙的情事，遇见一个值得怀想一生的人，那么，此后再多的飘摇破碎，又有何遗憾?

在洛阳，欧阳修与几位友人商量，欲效法秦汉，推行“古文”创作。他的词采亦在诸多作品中闪耀无边。

浪淘沙

把酒祝东风，且共从容。垂杨紫陌洛城东，总是当时携手处，游遍芳丛。

聚散苦匆匆，此恨无穷。今年花胜去年红，可惜明年花更好，知与谁同?

玉楼春

尊前拟把归期说，欲语春容先惨咽。人生自是有情痴，此恨不关风与月。

离歌且莫翻新阕，一曲能教肠寸结。直须看尽洛城花，始共春风容易别。

这些词客的交集，因钱惟演的离开，就此结束。等候欧阳修的，是另一番际遇。

四 人在舟中便是仙

直到景祐元年（1034年），欧阳修回京，任馆阁校勘一职。这时的欧阳修，已二十八岁，久惯风流佐酒，诗词为伴，免不得座上客满，樽中酒多。

然而，他的好友范仲淹呼吁改革，得罪了权贵，难脱被贬的命运。欧阳修亦受到牵连，被贬为夷陵县令。

几年后，欧阳修回朝，并未因此而守旧、退缩，在范仲淹、韩琦、富弼等人推行“庆历新政”时，积极参与其中。

在守旧派的极力阻挠下，革新再次失败，欧阳修被贬为滁州太守。

他虽遭贬，但无困顿之意。在滁州，他游乐于山水之间，感四时风物变幻，悠闲自在。

千古名篇《醉翁亭记》便是他在这里写成。文章淡雅自然，婉转流畅，令人读后心旷神怡。

“醉翁之意不在酒，在乎山水之间也。山水之乐，得之心而寓之酒也。”（《醉翁亭记》）山水之乐是文人之乐，亦是众生之乐。

欧阳修辗转江湖却不曾弃笔，仍心存志趣。他用不俗的词采写着山水情思，似乎对于任何一种境遇，他皆可恬然自安。

这片山水没有留住他的匆匆步履。不久后，欧阳修再次遭贬，来到了颍州。颍州西湖，成了他的吟咏圣地。西湖的水，洗去他过往的尘虑，让身心暂歇。

采桑子

（其一）

群芳过后西湖好，狼藉残红，飞絮濛濛，垂柳阑干尽日风。
笙歌散尽游人去，始觉春空，垂下帘栊，双燕归来细雨中。

（其二）

天容水色西湖好，云物俱鲜。鸥鹭闲眠，应惯寻常听管弦。
风清月白偏宜夜，一片琼田。谁羡骖鸾，人在舟中便是仙。

“人在舟中便是仙。”对着西湖的山光水色，看燕子归来，鸥鹭闲眠，人亦如仙。

比起世上的许多落魄才人，欧阳修已是几多好运。他心境豁达而明净。些许坎坷，怎能轻易抹去他内心瑰丽的风景。

五 人生自是有情痴

欧阳修在至和元年（1054年）回京，开始了另一段仕宦生涯。他先后出任翰林学士、史馆修撰等职位，并主持修撰《新唐书》。

他不只是千里马，还是千古伯乐。他在主持进士考试时，录取了苏轼、苏辙、曾巩等风流才俊。

当他看到苏轼的文章，他怀疑此文正是门生曾巩写成的，为了避嫌，将苏轼取在第二。

欧阳修后来发现此人并非曾巩，而是另有其人。他在《与梅圣俞书》中叹道："读轼书，不觉汗出，快哉快哉！老夫当避路，放他出一头地也。"

欧阳修眼光独到，心胸广阔，极具慧眼。张载、程颢等人能得机缘，亦与他非凡的见识密不可分。

唐宋八大家里，除了唐朝的两位，以及欧阳修本人，余下五位皆得欧阳修赏识，受其提携。

他在《赠王介甫》中写道：

赠王介甫

翰林风月三千首，吏部文章二百年。
老去自怜心尚在，后来谁与子争先？
朱门歌舞争新态，绿绮尘埃试拂弦。
常恨闻名不相识，相逢樽酒盍留连。

那时，欧阳修居高位，而王安石仅为县令，虽有文名，但终非天下之才。王安石屡次拒绝朝廷的提拔，因而名扬天下。给欧阳修回信时，王安石亦婉拒了邀请，回说不喜写文章，承不了衣钵。

欧阳修虽未得善言，但他确实眼光独到，知王安石非久卧之才，来日定能腾飞。后来，也是因反对青苗法，他辞官远游，终老江湖。

回望欧阳修的生平，可谓无遗憾。他淡视名利，坚守大节，其光华超越群星。他行文、做官，皆从容闲逸，无劳苦之态。作为一代豪杰，他的词文深婉清新，俊逸自然。

苏轼曾为欧阳修作悼词《西江月·平山堂》："三过平山堂下，半生弹指声中。十年不见老仙翁，壁上龙蛇飞动。欲吊文章太守，仍歌杨柳春风。休言万事转头空，未转头时皆梦。"苏轼还曾赞欧阳修："论大道似韩愈，论事似陆贽，记事似司马迁，诗赋似李白。"

欧阳修好文嗜酒，挥毫万字，一饮千钟。

朝中措·平山堂

平山栏槛倚晴空，山色有无中。手种堂前垂柳，别来几度春风？

文章太守，挥毫万字，一饮千钟。行乐直须年少，尊前看取衰翁。

年轻时，欧阳修纵情酒色，放浪不羁。如今，坐于酒樽前的只是一位染尽霜华的老翁。

多少情爱之事，恰如春风于人间陌上徜徉，转瞬便了无踪影。

几年后，一代文豪平静离世，获赐谥号“文忠”，故世称“欧阳文忠公”。

他在北宋政坛上一展风采，又于文坛上抒尽情怀。

其人，光耀百世；其文，垂范千古。

醉能同其乐，醒能述以文者，太守也。太守谓谁？庐陵欧阳修也。

苏轼

人生如逆旅，我亦是行人

一　大江东去，浪淘尽、千古风流人物

大宋王朝是一卷辞章，这里繁华深藏，词客云集。这里，此消彼长，名利交织。这里，聚散匆匆，圆缺随意。

他是宋朝的子民。大宋的历史，因为他的存在而熠熠生辉，光芒万丈。

他为人旷达慷慨，豪迈不羁，才高可傲王侯。他潇洒俊逸，其词文或婉转悠扬，或豪气干云。

他一生困顿辗转，仕途跌宕起伏，情海波涛汹涌，但他心性通透，洒脱豁然。他虽置身名利场，但和光同尘，懒于争执。

他名动京师，于朝堂掀起风云，仍旧谦逊、坦荡。他落魄江湖，往来市井，也不惊忧患，无惧落拓。

他是大宋的人物，人品若仙。其高远境界，慷慨性情，明净之思，自古无人可及。他乃千古才子，一代词宗，其气势与风流不输盛唐之才子。

他叫苏轼，字子瞻，号东坡居士，世称“苏东坡”“坡仙”。

苏轼生于眉州，是初唐的大臣苏味道之后。蜀地的山光水色和风土人情赋予他无数的灵思。

苏轼生性放达，为人率真，深得道家风范。他学识渊博，涉猎广泛，堪称千古第一全才。

他能诗善画，独得妙境。他好酒好茶，好美食，好游山水，并自会佳趣。

苏轼自幼聪颖，才思绝妙，清旷高华。少年时便执笔著文，才比子建。他品格卓尔不群，不肯与世为伍，襟怀落落，恩怨分明。

嘉祐元年（1056年），苏轼的父亲苏洵带着苏轼和苏辙赴京。次年，苏轼初登进士第。

苏轼以清新洒脱的文风，得主考官欧阳修赞赏：“此人可谓善读书，善用书，他日文章必独步天下。”

一时间，苏轼誉满京城。后来，母亲程氏去世，他归家丁忧。

三载之后，苏轼更觉成竹在胸。他再度入京，参加科举考试，获得三等，成为“百年第一”。那时的他文名远播，才华超绝，深得权贵器重。

苏轼志得意满，外出任官，回朝后，又得宋英宗赏识其才华，对其恩宠有加。苏轼本可平步青云，被擢为翰林，却因当朝宰相韩琦反对，任了微职。

直到其父苏洵离世，苏轼再度回眉山。丁忧三载，他苦读史书，不敢懈怠。

守孝期满，苏轼返回朝堂，怎知当年的帝相皆换，朝纲亦改。震动朝野的“王安石变法”，在此时开始。

就连当初赏识他的欧阳修，亦因与宰相王安石的政见不合而被迫离京。苏轼不得神宗重用，空有满腔热忱，高才雅量，却无处安放。

二 且将新火试新茶。诗酒趁年华

苏轼请辞出京，开始了一场漫长的人生逆旅。

他先到杭州任通判，得赏西湖美景，与这座城结下了不解之缘。

后被调至密州任职，他在密州写下了千古传诵的《水调歌头》。

水调歌头

丙辰中秋，欢饮达旦，大醉。作此篇，兼怀子由。

明月几时有，把酒问青天。不知天上宫阙，今夕是何年。我欲乘风归去，又恐琼楼玉宇，高处不胜寒。起舞弄清影，何似在人间！

转朱阁，低绮户，照无眠。不应有恨，何事长向别时圆？人有悲欢离合，月有阴晴圆缺，此事古难全。但愿人长久，千里共婵娟。

皓月当空，把酒抒怀，其境界空旷高远。为避政治旋涡，他选择退让。对于些许失意挫折，他毫不在意。

人有悲欢，月有阴晴，世事本难全。人在世间，本就卑微如草芥，可谦逊温和，却不必委曲求全，以旷达之态，看风云变幻，则一切皆可从容。

望江南·超然台作

春未老，风细柳斜斜。试上超然台上看，半壕春水一城花。烟雨暗千家。

寒食后，酒醒却咨嗟。休对故人思故国，且将新火试新茶。诗酒趁年华。

“且将新火试新茶。诗酒趁年华。”多么豁达、超然的襟怀，这便是苏轼的人生态度，始终随和、乐观、泰然自若。

他前往徐州任知州。在这里，他建苏堤、筑黄楼，于徐门石潭祈雨。

后来，他又调为湖州知州，然而上任不过三月，因给神宗写了一封《湖州谢表》而被新党嫉妒。新党从文中挑出许多他们认为隐含讥讽之意的句子，苏轼因而遭诬陷。

苏轼被捕入狱，受牵连者达数十人，这便是北宋著名的“乌台诗案”。在狱中的日子，几多悲伤，何等落魄，自不必言说。

三 小舟从此逝，江海寄余生

出狱后的苏轼，被迁去了黄州，任团练副使之职。这时的苏轼，身微禄浅，栖于寒枝。

因任微职，故日子清闲，人也得以静处，苏轼在此写下许多名篇，如《赤壁赋》《后赤壁赋》《念奴娇·赤壁怀古》。

他在黄州期间，因生活窘迫，连买酒钱都无。他与家人开垦荒地，栽种果蔬，自此有了“东坡居士”之别号。

几载田园生活令苏轼才思涌动，写下不凡的辞章。

念奴娇·赤壁怀古

大江东去，浪淘尽、千古风流人物。故垒西边，人道是、三国周郎赤壁。乱石穿空，惊涛拍岸，卷起千堆雪。江山如画，一时多少豪杰！

遥想公瑾当年，小乔初嫁了，雄姿英发。羽扇纶巾，谈笑间、强虏灰飞烟灭。故国神游，多情应笑我，早生华发。人生如梦，一樽还酹江月。

临江仙

夜饮东坡醒复醉，归来仿佛三更。家童鼻息已雷鸣。敲门都不应，倚杖听江声。

长恨此身非我有，何时忘却营营？夜阑风静縠纹平。小舟从此逝，江海寄余生。

定风波

三月七日沙湖道中遇雨，雨具先去，同行皆狼狈，余独不觉。已而遂晴，故作此。

莫听穿林打叶声，何妨吟啸且徐行。竹杖芒鞋轻胜马，谁怕？一蓑烟雨任平生。

料峭春风吹酒醒，微冷，山头斜照却相迎。回首向来萧瑟处，归去，也无风雨也无晴。

他似已淡泊从容，愿“小舟从此逝，江海寄余生”，又似无悲无喜，无荣无辱，只道“也无风雨也无晴”。

他知人生如梦，只是从梦中醒来谈何容易。他终究还是在仕途上不能解脱。

在离开黄州，前往汝州就任的路上，由于舟车劳顿，苏轼的幼子夭折。苏轼强忍悲痛，上书求允其前往常州。

在常州待了数月，苏轼觉此地山川俊逸，人物风流，愿在此终老。

四 人生如逆旅，我亦是行人

元丰八年（1085年），宋哲宗即位，高太后以哲宗年幼为名而临朝听政。苏轼身在登州，被召回朝，任翰林学士，得以重用。

这个官职，本该在他年少有为且初至京城时就属于他。然而他历一路坎坷，风雨飘摇，一等就是二十载。如今才华仍在，斯人已老。

这几年，是苏轼一生中最通达畅意之时，只是过于短暂。他秉性清高，不偏不倚，故惹得权贵不悦，与他对立，使他在朝中难以立足。

元祐四年（1089年），苏轼任龙图阁学士，知杭州。生性豁达的他，在杭州过得惬意逍遥，自比唐代的白居易。

但“人生如逆旅，我亦是行人”，这里山水如画，风月静好，却留不住他匆匆的步履。

临江仙·送钱穆父

一别都门三改火，天涯踏尽红尘。依然一笑作春温。无波真古井，有节是秋筠。

惆怅孤帆连夜发，送行淡月微云。尊前不用翠眉颦。人生如逆旅，我亦是行人。

两年后，他被召回朝，任翰林承旨。几个月后，他再遭外放，来到了颍州。

接下来他又历几番征召、罢免，直到太后去世，哲宗亲政。苏轼的仕途，再无春意盎然时。

他被贬去了岭南惠州，那里被称作“烟瘴之地”，瘟疫横行。三年的时光，他辛苦煎熬，以为终会柳暗花明，重见天日。

怎知年逾花甲的他，却风尘仆仆地被流放去了荒僻偏远的儋州。天涯海角，荒城残景，真是居无可居，食无可食。他每日饥肠辘辘，苦不堪言。

尽管如此为世所不容，他仍志气不输，豪迈不减。

三年后，哲宗去世。苏轼离开海南，辞别这荒凉清苦之地。

宋徽宗即位，朝廷颁行大赦，苏轼复任朝奉郎。他漂泊、疲倦的灵魂，总算有了依归。

可惜，在北归的途中，苏轼病逝于常州，而这里曾是他生前想要终老之所。此亦算如愿以偿吧。

那时的苏轼，如清风朗月，早已无牵无挂。

苏辙撰《东坡先生墓志铭》有云，苏轼离世，“吴越之民相与哭于市，其君子相与吊于家，讣闻四方，无贤愚皆咨嗟出涕”。可见，东坡居士于万民心中的分量，是何其重要。

他苦旅一生，浮沉漂泊，令人不免感慨万千，可他早已享尽人世尊荣，看淡所有的苦难。

这些年，无论行至何处，遭遇何苦，他皆心性豁达，无有怨悔。

五 纵使相逢应不识，尘满面，鬓如霜

苏轼这一生得三位佳人相伴，深受红粉之恩，令人艳羡。他虽功名之路坎坷，飘零江海，但身边不缺如花美眷。

苏轼的第一任妻子王弗，知书达礼，机敏沉静。他们二人琴瑟和调，恩深似海。

苏轼读书时，她守于旁侧，为其红袖添香。苏轼为官后，王弗知其品性放达，多有疏忽，故而时常立在屏风后面，静听客人言语，辨其中优劣，以此规劝苏轼。

早年的苏轼，在官场上风平浪静，亦因有了王弗这位贤内助。

然而，王弗在二十七岁时因病去世，香消玉殒。苏轼曾回到眉山，安葬爱妻，并于山上种了三万棵松树，以寄哀思。

十年后的某夜，苏轼于梦中重逢亡妻，怀着悲痛的心情，写下了千古悼亡词。

江城子·乙卯正月二十日夜记梦

十年生死两茫茫，不思量，自难忘。千里孤坟，无处话凄凉。纵使相逢应不识，尘满面，鬓如霜。

夜来幽梦忽还乡，小轩窗，正梳妆。相顾无言，唯有泪千行。

料得年年肠断处，明月夜，短松冈。

尽管，那时他的身边早已有了王闰之。她虽不及王弗才思敏捷，亦不谙诗文，但陪伴苏轼走过了一段风云叵测的岁月。

王闰之贤淑温厚，柔顺多情，与苏轼相伴二十五年。她伴他仕途失意时，与他浪迹天涯，为他生儿育女，勤俭持家。

这样一个女子，令人敬重。若非王闰之的风雨相随，不离不弃，苏轼亦不能走过那么多的瘦水寒山，度过寂寞流年。

因乌台诗案，他被贬至黄州。那段岁月，他苦不堪言。王闰之陪他历尽磨难，尝遍苦楚。有了她在他身边，无论遭遇怎样的困境，他都觉欣慰且幸福。

故王闰之去世时，苏轼悲痛欲绝。他于祭文中写道："旅殡国门，我少实恩。惟有同穴，尚蹈此言。"

最让苏轼怜爱的，应该是王朝云。朝云原是西湖歌女，冰雪聪明，又能歌善舞。

十二岁时，朝云被苏轼买回，成了侍女。十八岁时，她被纳为侍妾。

苏轼称朝云是"维摩天女"，他此生认定的红颜知己。朝云知他心意，知他不合时宜。

他被贬去惠州这样的荒寒之地，朝云则生死相随，为他煮饭烧茶，与他甘苦与共。朝云做伴，他无惧流离；朝云在侧，他思如泉涌。

如此，两人相伴了十余载。奈何天妒红颜，朝云受不起岭南的气候，也因病而逝。

苏轼将她葬在松林，筑六如亭以念，并写下楹联：“不合时宜，惟有朝云能识我；独弹古调，每逢暮雨倍思卿。”

苏轼另书一篇词作，以表对朝云的想念。

西江月·梅花

玉骨那愁瘴雾，冰肌自有仙风。海仙时遣探芳丛，倒挂绿毛么凤。

素面常嫌粉涴，洗妆不褪唇红。高情已逐晓云空，不与梨花同梦。

在苏轼眼中，朝云是一株不与梨花同梦的梅花，玉骨冰姿，高情若梦。

苏轼又为朝云写道：“伏愿山中一草一木，皆被佛光；今夜少香少花，遍周法界。”

这样一位妙人被西湖的水滋养得温润如玉，却为了他不惧艰辛，万里相随。她清洁有情，举世无双。

一代文豪，虽一生饱受风霜煎熬，有太多的委屈和遗憾，但他的存在，占据了大宋的河山。千秋万世，芸芸众生，皆仰慕他，膜拜他。

然而，洒脱如他，旷达如他，他并不要人世的牵绊与挂碍。

荣与辱，成与败，福与祸，也只是人生的过场。

人世种种，再不能惊扰他。北宋王朝后来的覆灭，更与他无关。

他叹："几时归去，作个闲人。对一张琴，一壶酒，一溪云。"

这一次，他真的可以来去如风，归去做个闲人了。再没有谁，可以让他听命行事，逆来顺受。

晏幾道

落花人独立，微雨燕双飞

一 金鞭美少年，去跃青骢马

他是古之伤心人，他的词淡语有味，浅语有致。他写尽幽情，却是词中君子；他漫绘佳人，却无相思痕迹。

他耽于情爱，醉卧花丛。他文采出众，生性高傲，不受约束，不慕名利。

他就是晏幾道，一个衔玉而生的人。他如《红楼梦》中的贾宝玉一般，生在大家，自小享用锦衣玉食，却也在荣华间亲见家族的衰落。

盛极而衰，是世间逃不过的规则，因之而生的伤感最难被抹去。恰如美人迟暮，英雄陌路，似岁月匆匆，不复回首。

他生在官宦之家，天资优越。他的父亲是大宋宰相晏殊。他的姐夫，是大名鼎鼎的富弼。他的几位兄长也各有所成，出入官场。这样的家世，足以让人羡慕无比。

他是晏殊的第七子，出生时，晏殊已近五旬，对他宠爱有加。他自幼聪颖过人，那时的他，风流若许。

如果时光够长，他只要写诗填词，逍遥卒岁，即可腾云直上，一飞冲天。他的日常，将如他词中所述，珠围翠绕，乐享奢华。

生查子

金鞭美少年，去跃青骢马。牵系玉楼人，绣被春寒夜。

消息未归来，寒食梨花谢。无处说相思，背面秋千下。

然而，这一切却在某个时刻骤然结束，若一场华丽的梦，止于梦醒，所有的美好瞬间消逝。

多少盛宴，几多留恋的场景，都随昨夜无主的星辰、无边的月华一起被抹去了痕迹。

二 凭谁细话当时事，肠断山长水远诗

晏幾道十八岁那年，晏殊去世，来来往往的堂上客成了门外无关的陌路人。

他成了没落贵族，慢慢体会到世俗的风刀霜剑，冷漠无情。他和年幼的兄弟姊妹一起，寄居在兄长家中，逐渐长大，乃至各

自成家。

虽失富贵，但自幼养成的文雅之性让他几多潇洒。他的潇洒并非无拘无束、纵情肆意，而是知止而止的潇洒。

他并非淡然之人，却张弛有度。他未倚靠旧势招摇，强行攀附权贵，以获取富贵和威名；他亦没有在求功问名的路上，贪图争竞，失了计较。

世上的繁华，他已都见过，故利禄心淡。他仅依靠恩荫，袭了太常寺太祝之职。

他的身世在黄庭坚写的《小山词》序中有所记述："晏叔原，临淄公之暮子也。磊隗权奇，疏于顾忌，文章翰墨，自立规模，常欲轩轾人，而不受世之轻重。诸公虽称爱之，而又以小谨望之，遂陆沉于下位。平生潜心六艺，玩思百家，持论甚高，未尝以沽世。"

他并非淡薄功名，无意科考。他曾填词，流露其心迹。

鹧鸪天

清颖尊前酒满衣。十年风月旧相知。凭谁细话当时事，肠断山长水远诗。

金凤阙，玉龙墀。看君来换锦袍时。姮娥已有殷勤约，留着蟾宫第一枝。

在"学而优则仕"的宋朝，寻常文客欲取功名，必苦求。他却将更多的精力用来填词，伤心。

他欲折蟾宫第一枝，却在实际行动上落步迟缓，来去从容。可见，他内心深处，对词的钟爱远胜过浮名。

他是多情的，心思灵巧，故能感受万物之别，写出千古佳句。他更是痴情的，凝情于心，故能体会情之至深，成为一时词宗。

多情不易，痴情更难。当然，这里的多情，并非拈花惹草、情思滥用，而是对世上美好之物的天然领悟。

正如黄庭坚在《小山词》序中所说：“‘叔原，固人英也；其痴亦自绝人。’爱叔原者，皆愠而问其目，曰：‘仕宦连蹇，而不能一傍贵人之门，是一痴也；论文自有体，而不肯一作新进士语，此又一痴也；费资千百万，家人寒饥，而面有孺子之色，此又一痴也；人百负之而不恨，己信人，终不疑其欺己，此又一痴也。’”

晏幾道是人中英豪，亦是绝代痴者。他的痴，痴到可爱。

他的痴在于，虽仕途不顺，但他不依附权贵，孤傲自持。

他的痴在于，写文章不按已定文体、世俗喜好，而是自成一家，从己心意。

他的痴在于，斥巨资买书，却不理会家人的饥寒，犹觉欢喜。

他的痴在于，别人负他千百回，他犹待人如初。

也正是这种痴，让他专心写词，无杂念。他的词，虽多写人间幽情，却无世俗之气。

三 落花人独立，微雨燕双飞

晏幾道的词是文客雅词。

同样饮酒听曲，描绘歌女，柳永的词是“彩线慵拈伴伊坐”（《定风波》），他的则是“相思本是无凭语”（《鹧鸪天》）。正是他的这份痴意，让他写尽柔肠，亦不令人觉浮浅。

蝶恋花

（其一）

梦入江南烟水路，行尽江南，不与离人遇。睡里消魂无说处，觉来惆怅消魂误。

欲尽此情书尺素，浮雁沉鱼，终了无凭据。却倚缓弦歌别绪，断肠移破秦筝柱。

（其二）

醉别西楼醒不记。春梦秋云，聚散真容易。斜月半窗还少睡。画屏闲展吴山翠。

衣上酒痕诗里字。点点行行，总是凄凉意。红烛自怜无好计。夜寒空替人垂泪。

他的词，清新、凄婉，令人动容。

熙宁七年（1074年），晏幾道的命运开始“颠簸”。当时神宗在位，王安石主张变法，但时日久了，变法的弊端渐出。神宗身在朝堂，并不知天下之事，仅靠近臣口述而已。

这时，天灾横行，百姓困苦，郑侠冒死进《流民图》，并写奏章，历数变法的弊端。

郑侠如此做，无异于自投罗网。那些政客，岂容他胡言，于是罗织罪名，将他绑到御史台治罪。

他们在郑侠的家中搜到晏幾道的一篇题为《与郑介夫》的诗稿：“小白长红又满枝，筑球场外独支颐。春风自是人间客，主张繁华得几时？”

他们二人相识，又有诗句为证，故晏幾道自然被殃及。他虽未被治罪，却到底伤了元气，让原本微薄的家业更添萧条。

晏幾道虽不傍权贵，却有红尘佳友。他和黄庭坚之间的友谊颇为深厚。他们时常饮酒唱和，有时醉倒在酒家垆边，有时同榻夜话，彼此欣赏，互羡风流。

《砚北杂志》记载：“元祐中，叔原以长短句行，苏子瞻因鲁直欲见之。则谢曰：‘今日政事堂中半吾家旧客，亦未暇见也。’”

名满天下的苏轼欲见他一面，他却避之。可见，相识，未必相知；相知，又未必能相守。

人与人之间的万般际遇，皆是缘分。

四 记得小蘋初见，两重心字罗衣

元丰五年（1082年），晏幾道监颍昌府许田镇。知府韩维是晏殊曾经的门生。既有这层因缘，晏幾道初来乍到，便献上词作，以示礼节。

谁道韩维回他“盖才有余而德不足者”，要他“捐有余之才，补不足之德”。

晏幾道的心情，想必有些低落。他对官场的虚名本就厌倦，之后则更是排斥。

临江仙

淡水三年欢意，危弦几夜离情。晓霜红叶舞归程。客情今古道，秋梦短长亭。

渌酒尊前清泪，阳关叠里离声。少陵诗思旧才名。云鸿相约处，烟雾九重城。

这首《临江仙》是他在颍昌任满三年并将离任时挥笔写成的。词中不仅寄着他的别离，还寄着他的过往。

他与人交往，多是君子之交，不染世故。

他在《小山词》的自序中写道：“始时，沈十二廉叔、陈十君龙家，有莲、鸿、蘋、云，品清讴娱客。每得一解，即以草授诸儿。吾三人持酒听之，为一笑乐。已而君龙疾废卧家，廉叔下世，昔之狂篇醉句，遂与两家歌儿酒使俱流转于人间。”

词中出现的云、鸿，即是序中所记之人。每得词成，他即着她们几人演唱，邀几个好友持酒旁听，取为一乐。

他的词则通过这些“歌儿酒使”流传人间。

如今，那些歌女的一言一笑，犹如昨日，却不知飘零何方，嫁入谁家院落。他对这些歌女的感情颇深，并寄下许多词笔。

临江仙

梦后楼台高锁，酒醒帘幕低垂。去年春恨却来时。落花人独立，微雨燕双飞。

记得小蘋初见，两重心字罗衣。琵琶弦上说相思。当时明月在，曾照彩云归。

破阵子

柳下笙歌庭院，花间姊妹秋千。记得春楼当日事，写向红窗夜月前。凭谁寄小莲？

绛蜡等闲陪泪，吴蚕到了缠绵。绿鬓能供多少恨？未肯无情比断弦。今年老去年。

这里的小蘋、小莲皆是似曾相识的佳人。文人墨客之所以喜欢交游，或因可于交游中寄下一段相知。

那时的歌女颇识字句，心思玲珑。仿佛，只有她们，才能唱出词客的悲欢离合。她们的身世亦让她们成为落魄才子的化身。

晏幾道不同，因为他的思念，止于一念。对于这些歌女，他并不多寄心，或视她们为他记忆中的一个个影子，一种隐约的情愫。

五 今宵剩把银釭照，犹恐相逢是梦中

晏幾道虽流连花丛，怜歌女之境遇，却不愿深入她们的生活，伴佳人同坐，知其喜悲。

再美的佳人，他如不相识，也只是在人间与他擦肩而过的风景罢了，与名花瑶草无异，和飞云翠水亦无别。

也许，恰是这种若即若离让他的词别于他人之词。他不会过多投入自己的情感，讨世人喜爱。

恰是这些，让晏幾道的词无哀怨、落魄之气，纵然忧伤，仍是人心共情之语。

虞美人

曲阑干外天如水。昨夜还曾倚。初将明月比佳期。长向月圆时候、望人归。

罗衣著破前香在。旧意谁教改。一春离恨懒调弦。犹有两行闲泪、宝筝前。

鹧鸪天

一醉醒来春又残，野棠梨雨泪阑干。玉笙声里鸾空怨，罗幕香中燕未还。

终易散，且长闲。莫教离恨损朱颜。谁堪共展鸳鸯锦，同过西楼此夜寒！

晏幾道的人生可谓简洁，纵有风雨坎坷，他亦随缘而过。他不喜依附于人，其孤傲清绝时令人无可奈何。

仕途上，他先后任乾宁军通判、开封府判官等职位。那些被贬谪江湖的才客，许多都是某州的知府。他虽未遭贬谪，却终其一生任微职。

他就是这样孤傲自赏，不识时务。然无论他经历什么，都难易其雍容风雅。

他独守君子之风，不会随意进入酒馆、青楼，与歌妓嬉笑，也不会沦落世俗，做个落魄文人。

他无须从庸碌的凡尘中寻找他的寄托，他的相思，只留在梦里。所以，他寻梦而来，踏梦而去。

鹧鸪天

彩袖殷勤捧玉钟，当年拚却醉颜红。舞低杨柳楼心月，歌尽桃花扇影风。

从别后，忆相逢，几回魂梦与君同？今宵剩把银釭照，犹恐相逢是梦中。

王灼在《碧鸡漫志》中写道："叔原词如金陵王、谢子弟，秀气胜韵，得之天然，殆不可学。"他的词，颇有"贵"气，就如世家子弟。那种气骨，他人强学不来。

大观元年（1107年），蔡京权势正盛，着晏幾道为词。晏幾道作《鹧鸪天》两首，无一句夸赞蔡京之语。这样的机会，于他而言，无甚惊奇；于他而言，实在无趣。

大观四年（1110年），晏幾道安然辞世，年七十三岁，仅留下一卷《小山词》。

他和父亲晏殊，成了大宋词人追捧的偶像。

他清洁如水，在大宋才子中，只有他才能写出"落花人独立，微雨燕双飞"之句。

他这一生，除了词，别无长物。他把富贵，还给了岁月；他把佳词，留在了人间。

他有情也无情，对他人相思也相负。

他舞低杨柳楼心月，歌尽桃花扇影风。

卷三

桃李春风一杯酒，江湖夜雨十年灯

黄庭坚

桃李春风一杯酒，江湖夜雨十年灯

一 风流犹拍古人肩

说起黄庭坚，人们总难忘其“苏门四学士”之一的身份。仿佛，在他与苏轼之间，总有一段风流相隔，难以逾越。事实上，二人既是师生，又是知己。

他们才华相当，堪谓一时瑜亮。他们切磋共进，惺惺相惜，不必借辉于彼，自能名留千古，光耀百世。

黄庭坚，北宋诗人、书法家，字鲁直，号山谷道人，后改号涪翁，洪州分宁人。

他自幼聪慧，善于记忆，每次新书在手，几遍即能成诵。他的天赋令人惊叹。他与许多古代才子一样，早早启蒙，锦绣天成。

年五岁，他已诵五经，实乃神童也。

年七岁，他作《牧童》一诗：“骑牛远远过前村，吹笛风斜隔垄闻。多少长安名利客，机关用尽不如君。”笔墨间已现几分老成，几分飘逸。

八岁时，他又作诗，送给那些赴考之人：“万里云程着祖鞭，送君归去玉阶前。若问旧时黄庭坚，谪在人间今八年。”

他自比仙客，豪气万千。他的诗才，藏在心中，只待东风催发，于缓慢的流年中长成参天之木。

他奋力苦读，并在治平四年（1067年）考中进士，出任汝州叶县县尉。熙宁五年（1072年），他又任国子监教授。

苏轼偶观其诗文，赞道：“超轶绝尘，独立万物之表。”经苏轼这样的大文豪点评，黄庭坚自此名声大振。

然而，他的仕途历几多蹭蹬，无有改观。他身在其间，时常有心无力。

叶县是他仕途生涯的开始。他初至叶县，便写下“千年往事如飞鸟，一日倾愁对夕阳”（《初至叶县诗》）的佳句。

后来，他在吉州太和县任知县时，趁公事之余，登临快阁，写下一首《登快阁》，以抒心意。

登快阁

痴儿了却公家事，快阁东西倚晚晴。

落木千山天远大，澄江一道月分明。

朱弦已为佳人绝，青眼聊因美酒横。

万里归船弄长笛，此心吾与白鸥盟！

他自比痴儿，非为大器，而今身居微职，流落江湖，仅可辛勤勉励而已。

他的心胸，正如颔联所写，“落木千山天远大，澄江一道月分明”。

他的心事，无人可寄，唯有美酒樽前，聊可挥洒精神。

他的抱负，无处施展；他的心底，生了无数厌倦。他唯愿在此风景间，做一个吹笛弄乐的闲人，归去，与白鸥为盟。

二 江湖夜雨十年灯

他没有归去，做个渔樵，而是又回到了官衙，做着他的知县，为当地百姓谋利谋福，不曾懈怠。快阁却因他的登临、吟咏，成了千古名胜。

寄黄幾复

我居北海君南海，寄雁传书谢不能。

桃李春风一杯酒，江湖夜雨十年灯。

持家但有四立壁，治病不蕲三折肱。

想得读书头已白，隔溪猿哭瘴溪藤。

神宗元丰七年（1084年），黄庭坚到德州德平镇做官。第二年春，他因念及友人黄幾复，生得无数感慨，写下《寄黄幾复》。

当年的离别，犹然寄在一杯酒中；来日的相逢，却遥遥无望。

一别十年，寒灯夜雨。人生有多少个十年可以虚度，有多少次相逢值得回味？当时的佳朋年少，今已白头半老。终明了，莫把清梦付光阴。

元丰八年（1085年），高太后垂帘听政，反变法人士因而得宠，黄庭坚亦被召入京师，开始了另一段生涯。

他的命运迎来一次华丽的转机。在这里，著名的苏门四学士得缘相聚，笑傲文坛。

不知那时他的江湖之思是否减淡，至少，他在这里可以施展才华，不受排挤。

哲宗即位后，他先任校书郎，后为《神宗实录》检讨官。待《神宗实录》完成后，他被擢拔为起居舍人。

这时的他，并非意气风发，因其母的病情渐至危急。黄庭坚是至孝之人，在母亲病重时他日夜看护在旁，殷勤伺候，衣不解带。

待母亲去世后，他筑室墓旁，为母亲守孝三年，哀伤至极，几至丧命。

等到守孝期满，黄庭坚任秘书丞之职，提点明道宫，兼国史院编修官。

元祐八年（1093年），高太后去世，哲宗亲政。黄庭坚的厄运，自此开始。哲宗任用新党人士，推行变法，黄庭坚因此受牵连。

他曾参与编纂过的《神宗实录》被章惇、蔡卞等人用来大做文章。他们认为书中多诬陷、不实之词，故将修史官员拘在京郊各处，逐个盘问。

黄庭坚因写过“用铁龙爪治河，有同儿戏”之语，自免不了周折。然而他面对诘难，以实相对，倒让彼辈无以反驳。

三 清风明月无人管

于是，他因着这些被贬为涪州别驾，黔州安置。在黔州的这段时间，黄庭坚的生活困苦不堪，但他心性旷达，无意沉浮。

他在《与唐彦道书》中有言：“到黔中来，得破寺堧地，自经营，筑室以居。岁余拮据，乃蔽风雨。又稍葺数口饱暖之资。买地畦菜，二年始息肩。”

正因如此，他自称“黔中老农”，但他未曾丢下志气，他仍有诗书在怀，笔墨陈案。

定风波·次高左藏使君韵

万里黔中一漏天，屋居终日似乘船。及至重阳天也霁，催醉，鬼门关外蜀江前。

莫笑老翁犹气岸，君看，几人黄菊上华颠？戏马台南追两谢，驰射，风流犹拍古人肩。

他虽年迈，但气概不减。重阳插菊，畅饮狂欢，吟诗赋词，“风流犹拍古人肩”。

黄庭坚的一生也多起落。作为苏门四学士之一，他免不了同另外三人共荣辱，同进退。

他虽已处困境，但那些政客犹嫌他过得太舒适，污蔑他徇私枉法，于是他被移至戎州。

对于这些俗事，他并不介怀，甚至无半点怨言。这时的他已名满天下。

蜀中文人知他到来，都喜与他亲近。他亦不知疲倦，修建茅屋，亲办私塾，授课讲学，无所保留。他的诗词书法，在此时有了一番新的境界。

直到元符三年（1100年），宋徽宗即位，起任黄庭坚监鄂州税，他才得以从巴蜀返回江南。

他在蜀地待了五年之久。他在这里的生活被他的后人评述为“种德巴蜀，宣教宜州；诗书弘道，胜过封侯”。

他独上南楼，对着满目风景，思过往，无人可倾诉。

鄂州南楼书事四首

（其一）

四顾山光接水光，凭栏十里芰荷香。
清风明月无人管，并作南楼一味凉。

人世沧桑，刻于心底；几多忧郁，爬上眉头。凭栏望去，山光水色，映着十里荷花。

多年来，他浮沉官场，未得大用，却屡遭贬谪，落魄至极。他羡慕清风明月的自在，不为形格势禁。

沐着夏夜清风，顿觉神清心怡。人生百味，浅尝辄止。这里的凉，或许不仅仅是夜凉，更多的，是一份苍凉吧！

四　此心吾与白鸥盟

他的另一首词《水调歌头·游览》颇有风流气韵。

水调歌头·游览

瑶草一何碧！春入武陵溪，溪上桃花无数，枝上有黄鹂。我欲穿花寻路，直入白云深处，浩气展虹霓。只恐花深里，红露湿人衣。

坐玉石，倚玉枕，拂金徽。谪仙何处？无人伴我白螺杯。我为灵芝仙草，不为朱唇丹脸，长啸亦何为！醉舞下山去，明月逐人归。

那些风雅的大宋才子，很少会因身世起伏而生出伤感万千，乃至心灰意冷，怨恨不已。从苏轼到四学士，再至后来的许多词人，皆是如此。

这时的黄庭坚，年岁虽长，心气未改。他不会为了名利，放下姿态。

后来，他又为官，在太平州知州任上才九天即被罢免。

因宰相赵挺之与黄庭坚不和，转运判官陈举秉宰相之意，呈上黄庭坚的《荆南承天院记》，言黄庭坚幸灾谤国。

最终，黄庭坚被送往宜州拘管。

在宜州时，他已至残年。过往得失，他不再计较；些许将来，亦是无谓。

这首《清平乐》或许是他生前最后一篇词作。

清平乐

春归何处？寂寞无行路。若有人知春去处，唤取归来同住。

春无踪迹谁知？除非问取黄鹂。百啭无人能解，因风飞过蔷薇。

也许，他就是那只百啭千啼的黄鹂，明知春光去处，但无人能解其意。他趁着风势，飞过蔷薇，不复归来。

崇宁四年（1105年），黄庭坚客死宜州，终年六十一岁。身后之名，多少荣光，他已不能知晓。他淡泊名利，胸怀凛然正气，高风亮节，为众人所敬仰。

五 醉舞下山去，明月逐人归

他的词作风流跌宕，与苏轼的词风相近，唯豪迈有余，纤巧不足。故晁补之云："黄鲁直间作小词，固高妙，然不是当家语，自是着腔子唱好诗。"

他的诗，如诗圣杜甫之作，冠绝一时。

作为江西诗派的开派宗师，他主张"点铁成金"和"无一字来处"之说，其诗论偏重于对艺术形式的探讨，重视用字技巧。此种创作风格，对后世影响颇巨。

他的书法亦卓绝不凡，与苏轼、米芾、蔡襄四人并称"宋四家"。

他的书法有些瑕疵，个别笔画过于瘦长，曾被苏轼讥为"几如树梢挂蛇"，但终瑕不掩瑜，自成风流。

他晚年写就的《松风阁诗帖》被称为天下十大行书之一，位在第九。

松风阁

依山筑阁见平川，夜阑箕斗插屋椽，我来名之意适然。老松魁梧数百年，斧斤所赦今参天。风鸣娲皇五十弦，洗耳不须菩萨泉。嘉三二子甚好贤，力贫买酒醉此筵。夜雨鸣廊到晓悬，相看不归卧僧毡。泉枯石燥复潺湲，山川光晖为我妍。野僧早旱饥不能馇，晓见寒溪有炊烟。东坡道人已沉泉，张侯何时到眼前？钓台惊涛可昼眠，怡亭看篆蛟龙缠。安得此身脱拘挛，舟载诸友长周旋。

这时的黄庭坚久经风雨，早已看淡离合，无意荣辱。多情人未必是深情人，但深情人必是多情人。

他的恩师兼好友东坡道人驾鹤仙去，苍老的他用笔墨抒发感慨，怀念友人。

他与苏轼的友谊深厚无比，甚至在书法方面，都有互相借鉴的痕迹。

苏轼在黄州写下《黄州寒食诗帖》，黄庭坚为他题跋尾，二人书意相成，各有千秋。

黄庭坚的草书书法晚年始成，其草书代表作是《李白忆旧游诗卷》。沈周跋此帖："山谷书法，晚年大得藏真三昧，笔力恍惚，出神入鬼，谓之'草圣'宜焉！"祝允明则评："此卷驰骤藏真，殆有夺胎之妙。"

黄庭坚的一生，哪怕颠沛流离，飘摇无止，他仍可在风雨中微笑，于苍茫中寻到归处。

遇到苏轼，是他的幸运。他们是良师益友，彼此精进。遇到苏轼，也是他的不幸。他这一生，未曾脱开厄运的纠缠。

他们有着文人的气度与风骨，有一种清冷的坚持。他们共同进退，于宦海浮沉；他们置身沟壑，亦不曾背离彼此。

能与贤者语，共才子饮，非千古乐事吗？

他敦厚坦诚，品格卓绝。若遇大事，可放心托付者，定是黄庭坚。

他的“桃李春风一杯酒，江湖夜雨十年灯”，你可还记得？

他饮酒簪菊，骑马射箭。他的风流，犹拍古人肩。

秦观

一代婉约词宗，留名千古，也寂寞千年

一　山抹微云，天连衰草，画角声断谯门

不知这是人生的第几次离别，每一次都眷眷难舍，每一次都伤心断肠。

于他而言，此一生放不下的是显赫功名，割舍不了的是恩爱情深。

他是人间惆怅客，一生流连风月，对歌妓一往情深。

有人说，或许是他自身起伏的人生际遇与歌妓的漂泊流转有许多的交集，故而，他对她们情深义重，痴迷不已。

只是，世间缘起缘灭，恰如花开花谢，有情人不相守，便相负。

他自问是风流情种，对无数女子许下过誓约，尽管最后她们都被他辜负。对于这些女子，有些他铭记于心，偶然想起；有些如扫落的尘埃，他已不再见她们。

这一年为元丰二年（1079年），他在会稽，与越地一名歌妓相恋。恰逢离别，内心情感涌动，他挥笔写下这首名作《满庭芳》。

满庭芳

山抹微云，天连衰草，画角声断谯门。暂停征棹，聊共引离尊。多少蓬莱旧事，空回首，烟霭纷纷。斜阳外，寒鸦万点，流水绕孤村。

销魂，当此际，香囊暗解，罗带轻分。谩赢得、青楼薄幸名存。此去何时见也，襟袖上，空惹啼痕。伤情处，高城望断，灯火已黄昏。

会稽山上，微云轻抹；越州城外，衰草连天。回首过往，多少情事皆化作缕缕轻烟，无处寻觅。此去经年，不知何日重逢。

“谩赢得、青楼薄幸名存。”当年杜牧在扬州为官十年，与许多歌妓相知相爱，许下海誓山盟，而后决然离去，一身清净，留下“十年一觉扬州梦，赢得青楼薄幸名”（《遣怀》）的诗句。

此时的他如同杜牧，对歌妓轻许诺言无数，最后转身离开，留下负心薄幸之名。

此一生，与他相爱的女子，他皆不能相守。他四海游历，处处留情。多少女子爱慕其才华，喜读他的婉约辞章，与他相恋，却不得相倚。

后来，这名女子只怕是相思成灾，望断高城。他终没有归来，又在另一座城与别的女子谈情说爱。

而她，或许邂逅别的才子，开始她的新尘缘；又或许，她仍为他守候，直到人老珠黄，憔悴凋零。

读过这首《满庭芳》，苏轼称秦观为“山抹微云秦学士”。

二 自在飞花轻似梦，无边丝雨细如愁

他是秦观，字少游，北宋婉约词人。他善诗赋策论，与黄庭坚、晁补之、张耒合称“苏门四学士”。

当年苏轼自密州移知徐州，秦观慕名前往拜谒，写诗道：“我独不愿万户侯，惟愿一识苏徐州。”（《别子瞻》）

秦观后来写了一篇《黄楼赋》，苏轼赞其有屈（原）、宋（玉）之才。

秦观有幸结识当代大文豪苏东坡，并成为他的弟子，后与他纵游无锡、吴江、湖州、会稽等地，阅尽山水风光，饮酒填词，结下深厚的情谊。同游的日子，应该是秦观此生最闲逸、快乐的时光。

此后，他历尽浮沉，忽起忽落，时喜时忧，再没有当年的畅快飞扬。

秦观的命运，随苏轼、黄庭坚等师友辗转，但秦观生性多愁善感，无法做到像苏轼他们那样旷达豪迈、乐天知命。

苏轼几番遭贬，仍可自在红尘，以诗酒相伴，佳人作陪；无论遭遇多少灾祸，始终豁达明净，疏狂不羁。黄庭坚亦如此，不管仕途有多不顺意，他皆乐观以对，豪情满怀。

秦观虽与他们为师为友，且与他们在京城一同供职于史馆多年，但他的词作显露的更多是婉约、伤感，有一种清幽冷寂和萧瑟孤独之感。

性情本是人与生俱来的，虽可因境遇而更改，但内心深处的东西无法转移。这缕淡淡的哀愁，总是在他的词中若隐若现，一如他的词句，“自在飞花轻似梦，无边丝雨细如愁”。

浣溪沙

漠漠轻寒上小楼，晓阴无赖似穷秋。淡烟流水画屏幽。

自在飞花轻似梦，无边丝雨细如愁。宝帘闲挂小银钩。

秦观出生在一个寻常的官吏之家，其父虽官职低微，但颇有才学。秦观自幼博览群书，有青云之志。后因父亲亡故，家道中落，他的生活陷入困境。

秦观的先世五代时乃南唐武将。少年时的秦观，既有慷慨盛气，又有侠骨柔情。他喜读兵书，深谙兵法，时常与侠士一起饮酒作乐，纵游江湖。

秦观早年即写《郭子仪单骑见虏赋》，后精研《孙子兵法》，著有系列谈兵之作，如《将帅》《奇兵》《辩士》《谋主》《兵法》。

文人论兵，秦观堪与晚唐杜牧相媲美。有人说，秦观是北宋的杜牧，本是一代英才，却流连风月。他自己亦曾说："往吾少时，如杜牧之强志盛气，好大而见奇。"

三 两情若是久长时，又岂在朝朝暮暮

年少的秦观，意气风发，自称"江海人"，活得放纵、潇洒。

秦观畅游湖州、杭州、润州各地，既为游学，亦为入仕寻求机遇，但那时的他并不热心科举，淡泊功名。

优游尘海，阅览山水，出入秦楼楚馆，宴饮酬唱……他过了一段放浪形骸、洒脱随性的生活。

一人一舟，一酒一词，可谓快意逍遥。对于尘劳之事，他都不闻不问；些许得失，他皆可忽略不计。

满庭芳

红蓼花繁，黄芦叶乱，夜深玉露初零。霁天空阔，云淡楚江清。独棹孤篷小艇，悠悠过、烟渚沙汀。金钩细，丝纶慢卷，牵动一潭星。

时时，横短笛，清风皓月，相与忘形。任人笑生涯，泛梗飘

萍。饮罢不妨醉卧，尘劳事、有耳谁听。江风静，日高未起，枕上酒微醒。

这期间，他结识了不少青楼歌妓，对她们的悲惨遭遇深感同情。奈何那时的秦观不过是一介白衣，无名无利，给不起安稳现世，更许不了地久天长。

他的千古名作《鹊桥仙》便是为那些与他有过情缘的女子而作。

他在意那金风玉露般短暂的相逢，并不奢望朝朝暮暮。那么多的落魄佳人，皆有情有义，他个个怜惜，又如何能够与其厮守终身。

鹊桥仙

纤云弄巧，飞星传恨，银汉迢迢暗度。金风玉露一相逢，便胜却人间无数。

柔情似水，佳期如梦，忍顾鹊桥归路。两情若是久长时，又岂在朝朝暮暮。

秦观的妻子徐氏出身贵族，家境殷实，但他似乎没有得到多少扶持，时常感叹生活困苦。

正是因为肩负家族的重任，秦观只能收敛他的散漫随性，选择终日苦读。

直到遇见苏轼，秦观得其赏识，又在苏轼的鼓励和劝说下选择科考。

宋代重文，因而文人想改变自身命运，其唯一的出路便是科考，进入仕途，方可一展才学，实现人生抱负。

奈何他两次应试皆落第，但经苏轼劝勉，他并未放弃，而是坚持不懈。

苏轼甚至向王安石力荐秦观的才学，致书曰："愿公少借齿牙，使增重于世。"王安石亦赞许秦观的诗"清新似鲍（照）、谢（朓）"。

四 春去也，飞红万点愁如海

此时的秦观已声名远扬，词文风流。三十七岁时，他再次参加科举，终高中进士。

他步入官场，开始了他的仕途生涯，以为自此将名利双收，却不知此时是困顿失意的开始。

北宋政治纷乱，党争激烈，远超过他的想象。仕途坎坷，身处官场的秦观，也是命运起落，浮沉难料。他内心的惊喜不过刹那，接踵而来的是忧惧与愁烦。

初入政坛，在恩师苏轼的举荐下，秦观出任太学博士一职，又任职秘书省正字，不久便因"洛党"贾易诋其"不检"而被罢去正字。

秦观的内心其实敏感而脆弱。些许打击，便让他生了退隐之心。若非因为家族的重任、世俗的羁绊，他也许会放弃功名，游戏人间。

想那时年少轻狂，流连风月场所，与歌妓畅饮，无人约束，而今为名利所牵，为党派纷争所扰，他心神俱疲，意兴阑珊。

后来，苏轼自扬州召还，秦观迁国史院编修官，与黄庭坚、晁补之、张耒同时供职于史馆。这也是秦观在京城任职期间最风光得意的时候。

他们四人亦师亦友，谈诗论词，风度超逸，洒脱放诞。往后余生，他皆于逆境中行走，不断遭贬谪或被弹劾、打压，何来殿堂之上的荣耀？

高太后去世后，哲宗亲政，政局骤变。新党执政，旧党中多人遭贬，苏轼、秦观等人皆被驱赶出京。

随着苏轼仕途上一路失意，秦观亦经坎坷劫难。奈何，他不及苏轼豪迈旷达，始终心事沉郁，愁绪满怀。

他填词，回忆当年盛会，感慨如今花落春去，闲愁如海。

千秋岁

水边沙外。城郭春寒退。花影乱，莺声碎。飘零疏酒盏，离别宽衣带。人不见，碧云暮合空相对。

忆昔西池会。鹓鹭同飞盖。携手处，今谁在？日边清梦断，镜里朱颜改。春去也，飞红万点愁如海。

五 山无数。乱红如雨。不记来时路

秦观被贬为杭州通判，后又被贬监处州酒税。

在处州任职时，秦观为遣内心烦忧，学佛参禅，却被小人诬告其私撰佛书，因此获罪。

《宋史·文苑传》云："使者承风望指，伺候过失，既而无所得，则以谒告写佛书为罪，削秩徙郴州。"

踏莎行

雾失楼台，月迷津渡，桃源望断无寻处。可堪孤馆闭春寒，杜鹃声里斜阳暮。

驿寄梅花，鱼传尺素，砌成此恨无重数。郴江幸自绕郴山，为谁流下潇湘去？

几次三番遭贬，秦观只觉困惑与迷惘。他亦想学东坡居士的洒脱，虽历崎岖坎坷，但仍可做个闲人，泛小舟江海。

但他心底的桃源，早已荒芜。他被迫游走凡尘，尝尽悲欢。

最后，秦观被贬到了荒蛮之地——雷州，与被贬至海南儋州的苏轼隔海相望。

苏轼宠辱不惊，对人世的种种磨砺始终无所畏惧，乐观清醒。秦观则对谪放天涯怀有无限的凄婉与悲愤。

他甚至给自己写好挽词，因为他对未来的一切已近乎绝望。

在雷州，他与恩师苏轼有了短暂的相聚，并写下："绿鬓朱颜，重见两衰翁。别后悠悠君莫问，无限事，不言中。"（《江城子》）

虽同为衰翁，但东坡看淡了生死，随缘自安，"归去，也无风雨也无晴"；少游则感心事凋零，万念俱灰，"后会不知何处是？烟浪远，暮云重"（《江城子》）。

元符三年（1100年），宋哲宗驾崩，宋徽宗即位。政局再生变化，往日流放的官员大多被召回。秦观也从雷州一路北返，却在归途中病逝。

《宋史·文苑传》记载，秦观"至藤州，出游华光亭，为客道梦中长短句，索水欲饮，水至，笑视之而卒"。

他一生伤心，却含笑而亡。其实，他又何尝不想豁达乐观，活得潇洒自在，奈何总是在痛苦愁闷中徜徉，不得解脱。

正因了他细腻柔软的情思，他才能成为一代婉约词宗，留名青史。

秦观放不下的不是功名，而是那些与他有过情缘的女子。"烟水茫茫，千里斜阳暮。山无数。乱红如雨。不记来时路。"（《点绛唇》）

烟水茫茫，不记来时路。

贺铸

一川烟草，满城风絮，梅子黄时雨

一 锦瑟华年谁与度

宋人贺铸有词：“一川烟草，满城风絮，梅子黄时雨。”读完似觉窗外烟草朦胧，满城飞絮，细雨绵绵。

可见，寻常的春景在词人笔下亦是那般风情万千，绮丽曼妙，又极尽温柔。

贺铸当年因为这首词而得雅号——贺梅子。

青玉案

凌波不过横塘路，但目送、芳尘去。锦瑟华年谁与度？月桥花院，琐窗朱户，只有春知处。

碧云冉冉蘅皋暮，彩笔新题断肠句。试问闲愁都几许？一川烟草，满城风絮，梅子黄时雨。

“锦瑟华年谁与度？”他的闲愁是路遇佳人，而不知佳人所往的怅然；是锦瑟华年时才情被世俗耽搁的不甘；是困于下僚，一生郁郁不得志的感慨。

能写出如此深婉、风雅之句的人，想必是一位面如冠玉、风度翩翩的词人。

然而，贺铸却生得极丑。《宋史》记载：“长七尺，面铁色，眉目耸拔。”人称他“贺鬼头”。

贺铸的词兼豪放、婉约两派之长，既有爱国忧时的悲壮激昂、豪情侠气，又有意境高远、清丽哀婉的儿女情长。

贺铸出身贵族，自称是贺知章的后裔，其远祖本居山阴，以知章居庆湖，故自号庆湖遗老。

贺铸年少轻狂，为人豪爽不羁，有雄心壮志。《贺方回诗集序》记载：“少时侠气盖一座，驰马走狗，饮酒如长鲸。”

贺铸曾在《庆湖遗老诗集自序》中说自己：“铸少有狂疾，且慕外监之为人，顾迁北已久，尝以‘北宗狂客’自况。”

二 立谈中，死生同。一诺千金重

他博闻强记，才华飞扬。这样一位文武全才本该有一番功业，却一生低就，有志难酬。

他十七岁便离家赴京，有任侠之气，愿驰骋疆场，建功立业，封侯拜相。

他几番辗转，多年来也只是担任一些微不足道的武官职位，曾任右班殿直、监军器库门、临城县酒税等职位。

数载下僚生涯，使他英雄豪气难抒，满腔抱负又无路请缨。对于心中的失意苦闷，他只能借词抒怀。

六州歌头

少年侠气，交结五都雄。肝胆洞，毛发耸。立谈中，死生同。一诺千金重。推翘勇，矜豪纵。轻盖拥，联飞鞚，斗城东。轰饮酒垆，春色浮寒瓮，吸海垂虹。闲呼鹰嗾犬，白羽摘雕弓，狡穴俄空。乐匆匆。

似黄粱梦。辞丹凤，明月共，漾孤篷。官冗从，怀倥偬，落尘笼。簿书丛。鹖弁如云众。供粗用，忽奇功。笳鼓动，渔阳弄，思悲翁。不请长缨，系取天骄种，剑吼西风。恨登山临水，手寄七弦桐，目送归鸿。

这首词乃贺铸中年所作，为一首自叙身世的长调。

那时，他少年英气，结交武士、侠客。他们意气相投，肝胆相照，重义轻财，一诺千金。

奈何入官场多年，他始终仕途失意，壮志难酬。“笳鼓动，渔阳弄”，他多想披上战袍，为国御敌，而不是整日忙于案牍，碌碌无为。

人世种种恰如黄粱一梦，成也空空，败也空空。他满怀惆怅，登临山水，抚琴长叹，目送归鸿。

究竟是何缘故，让他一生仕途蹉跎、穷困潦倒？

贺铸狂放耿直，不肯为权贵屈节。他喜谈论当朝大事，批评人不留情面。纵不合他意之人是权贵，他亦要辱骂，毫不避讳。

《宋史》记载，贺铸“喜谈当世事，可否不少假借，虽贵要权倾一时，小不中意，极口诋之无遗辞，人以为近侠”。

自古官场风云难测，需步步为营、谨慎小心，怎容得下他的真率、狂妄？他的侠气风骨、任性而为，致使他的仕途定然不平坦。

尽管，他有文才武略，豪气干云；尽管，他娶宗室之女为妻，他亦没有因此而平步青云。

三 空床卧听南窗雨，谁复挑灯夜补衣

贺铸之妻赵氏乃宗室之后，高贵端庄。这位女子温良淑德，数十年来，陪同贺铸沉沦下僚，不卑不亢。

她本是多情人，不嫌贺铸相貌丑陋，亦不怪他仕途不顺。

二人婚后情深意浓，她毫无管家主母之姿态，与他风雨相随，甘苦与共，为他缝衣制衫，煮饭烧茶，过平淡的流年。

问内

庚伏厌蒸暑，细君弄针缕。

乌绨百结裘，茹茧加弥补。
劳问“汝何为，经营特先期？”
“妇功乃我职，一日安敢隳？
尝闻古俚语，君子毋见嗤。
瘿女将有行，始求燃艾医。
须衣待僵冻，何异斯人痴？
蕉葛此时好，冰霜非所宜。”

贺铸为此时常写词，赞美妻子的勤劳与贤惠。她冒着酷暑为他缝补冬衣，日日辛劳，不肯怠慢，对他情深似海。得妻如此，又是何等幸运。

妻子的深情陪伴，弥补了贺铸仕途坎坷的缺憾。对于这些年的困顿失意，他只能借诗酒打发。她不因他功业未就而厌倦离去，反而伴他历风霜苦楚，无怨无悔。

说好了一生相依、白首终老，妻子却突然病逝。建中靖国元年（1101年），贺铸重过阊门，觉悲从中来，写下一首凄婉哀怨的悼亡词。

鹧鸪天

重过阊门万事非，同来何事不同归？梧桐半死清霜后，头白鸳鸯失伴飞。

原上草，露初晞，旧栖新垅两依依。空床卧听南窗雨，谁复挑灯夜补衣！

词人怀念与自己相濡以沫、患难与共的妻子。这首词字字悲切，如泣如诉，饱含深情，令人读来伤心断肠。

“梧桐半死清霜后，头白鸳鸯失伴飞。”人生最怕的不是功名未遂，亦非清贫潦倒，而是梧桐半死，鸳鸯失伴。

贺铸重回故地，忆当年妻子在这里与自己掩帘听雨，南窗共话，如今已物是人非。奈何佳人已逝，独留他只影。浮生漫漫，该如何度过？

“空床卧听南窗雨，谁复挑灯夜补衣！”以后，又有谁为他寒夜补衣，与他忧患相随，至死不渝？

至于历史上流传千古的悼亡词，人人尽知苏轼的《江城子·乙卯正月二十日夜记梦》，有几人知晓贺铸的《鹧鸪天》？此词哀婉凄绝，情真意切，不输当年的苏轼之作。

当年王弗离世，苏轼身边尚有王闰之与他相知相惜，后来还有王朝云那样的红颜知己对他嘘寒问暖。苏轼虽功名之路坎坷，但不缺佳人做伴，此亦是一种福气。

痛失爱妻的贺铸，身畔只怕再无这样一位知晓冷暖之人了，纵有侍妾，亦不能像爱妻那般对他关怀备至，体贴入微。

四 当年不肯嫁春风，无端却被秋风误

中年的贺铸一直任低微的职位，难遂其愿。

后来，在李清臣和苏轼的推荐下，他改入文职，任承事郎，旋请任闲职，改监北岳庙。

他虽改入文职，但也只是做个小官，无所作为。他并不因此而更改性情，依旧纵情饮酒，意气用事。故而入宦海多年，他始终得不到理想的职位。

拿着微薄的俸禄，慢慢地，他磨去了当年的锋芒，丢失了往日的斗志。

在任上，贺铸整理旧稿，编成《庆湖遗老前集》。

贺铸的诗、词、文皆善，然其诗、词高于文，词又高于诗。贺铸为人豪爽精悍，其词刚柔并济，风格多样，他亦算是北宋的大家。

对于贺铸，《宋史》记载："博学强记，工语言，深婉丽密，如次组绣。尤长于度曲，掇拾人所遗弃，少加隐括，皆出新奇。尝言：'吾笔端驱使李商隐、温庭筠常奔命不暇。'"

踏莎行

杨柳回塘，鸳鸯别浦，绿萍涨断莲舟路。断无蜂蝶慕幽香，红衣脱尽芳心苦。

返照迎潮，行云带雨，依依似与骚人语：当年不肯嫁春风，无

端却被秋风误。

“断无蜂蝶慕幽香，红衣脱尽芳心苦。”他以荷花自况，借物抒情。其实，无论是华美还是清苦的人生，人都需要有所寄托。

他的词有婉约之风，亦多豪放之势。一首《行路难》极具慷慨悲凉之气势。

行路难

缚虎手，悬河口，车如鸡栖马如狗。白纶巾，扑黄尘，不知我辈，可是蓬蒿人？衰兰送客咸阳道。天若有情天亦老。作雷颠，不论钱，谁问旗亭，美酒斗十千？

酌大斗，更为寿，青鬓常青古无有。笑嫣然，舞翩然，当垆秦女，十五语如弦。遗音能记秋风曲。事去千年犹恨促。揽流光，系扶桑，争奈愁来，一日却为长。

他纵酒高歌，多是在回首过往。那时年少任侠，仗剑江湖，渴望建功立业，一展抱负。

若逢良主，遇良机，凭他的文韬武略，他亦可享高车骏马，封侯拜相。当下，他只能屈居微职，领薄禄，仅得“车如鸡栖马如狗”。

流光易逝，幸而他还有诗书万卷可排遣苦闷。

他的文官之路一如当初，崎岖不顺。十多年迁徙流转，他位卑言轻，苟且度日，豪气尽消。

朝廷的党派之争、风云变幻，几乎与他无关，因为他的职位太低，他连受牵连的资本都没有。

但他的词仍不减豪气。他为人率性不改，依旧活得那么真实。尽管，他内心的热忱早已冷却，所剩的只是一点点回忆与悲凉。

五 恨登山临水，手寄七弦桐，目送归鸿

晚年的贺铸深知其与功名无缘，仕途无望。他选择退隐吴下，远离人情世故，官场纷争。

这时的他心性恬淡，平静如水。他家中藏书万余卷，每日掩门校书，甚至无一字误。

日子清苦，他时常借高利贷维持生计，甚是凄凉。对于所欠的债务，他则拿地契抵押，从不向人乞讨。

《宋史》记载："退居吴下，稍务引远世故，亦无复轩轾如平日。家藏书万余卷，手自校雠，无一字误，以是杜门将遂其老。家贫，贷子钱自给，有负者，辄折券与之，秋毫不以丐人。"

这里，有他和妻子共同度过的美好光阴。他可以画船听雨

眠，可以沉浸于书海，不管人世变迁。

他在《避少年》一词中写道：“清风明月休论价，卖与愁人直几钱？”那时的贺铸，只怕真的释然了。

其实，人生到了某种境界，为了成全自己，人们会对生活妥协。

他让自己活到了白发苍苍，七十四岁卒于常州某个僧舍。此已是高寿，也算是圆满。

这一生，他一手执剑，一手握笔，兼具文才武略和侠骨柔情。可到底，这一生一事无成，碌碌庸庸。

曾经的少年侠气，剑吼西风，那样狂放不羁，傲然自负。如今光阴蹉跎，人亦意气消沉，万念俱灰。

他一生都在挣扎中度过，晚年才回归平静，接受现实，与书做伴。

若说值得欣慰之事，于他便是娶得赵氏为妻。她娴静淑雅，为他倾尽一生的温柔与爱意，为他油尽灯枯。

可怜他如鸳鸯失伴，身边再没有那个为他寒夜挑灯织补的人。他们相濡以沫，却不能白首偕老；他们携手风雨，却猝然天人永隔。

在这浩瀚的大宋王朝，他也只是匆匆来去的过客，没有人记得他曾经的落拓，也无须记得。

多少不平，多少愤慨，多少闲愁，此刻都化作一川烟草，满城风絮，梅子黄时雨。

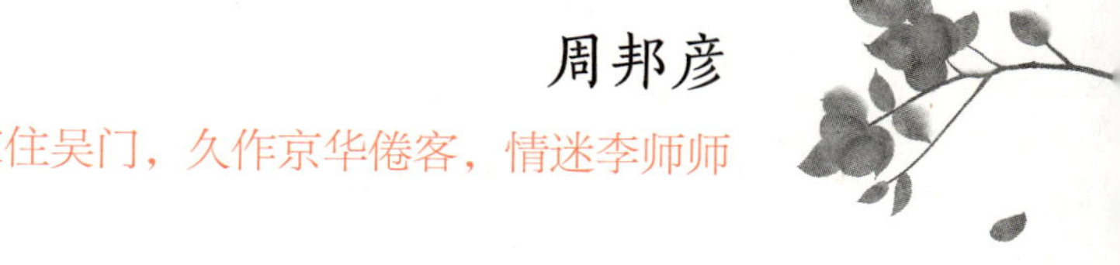

周邦彦

家住吴门，久作京华倦客，情迷李师师

一 登临望故国，谁识京华倦客

唐诗立意高远，无多修饰即见风骨。

宋词之美，源于生活，又高于生活。词句工整，婉转多情。

有这么一个人，他是婉约词集大成者，在旧时词论中被称为“词家之冠”或“词中老杜”。

他精通音律，在宋徽宗在位时提举大晟府（当时的最高音乐机关），负责谱制词曲，供奉朝廷。

他生性疏散，自命风流，不拘一格，但他的词句浑然天成，又精致工巧。其词风秾丽清艳，亦柔情深婉。

他在政治上不思进取，只醉心于诗词歌赋的研究，“以乐府独步，学士、贵人、市侩、伎女皆知其词为可爱”。

他潜心钻研填词技巧，依月用律，月进一曲，不断创制新

声，并创制了《长相思慢》《华胥引》《花犯》《隔浦莲近》等新调。

他叫周邦彦，字美成，号清真居士，是大宋时期的美男子词人。他的词言语精雅，婉转曲折，深得佳人喜爱。

李师师乃汴京名妓，天生丽质，歌声婉转。她曾得到过周邦彦等大宋才子的垂青，更深受宋徽宗的宠爱。

周邦彦词句绮丽清绝，令京城歌妓无不以唱他的新词为荣。周邦彦初见李师师，便有相逢恨晚之感，愿为其填词。

玉团儿

铅华淡伫新妆束。好风韵、天然异俗。彼此知名，虽然初见，情分先熟。

炉烟淡淡云屏曲。睡半醒、生香透肉。赖得相逢，若还虚过，生世不足。

之后，周邦彦与李师师交往密切。为了她，他出入青楼，与她风月缱绻，情意缠绵。

二 并刀如水，吴盐胜雪，纤手破新橙

宋徽宗乃风流天子，时常微服出行，流连风月场所。他早闻李师师之才名，对她一见倾心，而李师师后来自然成了宋徽宗的

女人。

但她与周邦彦仍有私情，毫不忌讳。据说，宋徽宗某日忽然来到李师师的闺房，而房内的周邦彦一时无措，忙躲于床下。

宋徽宗带来了江南进贡的鲜橙，李师师用其纤手剥橙，二人分食，极尽亲密。

如此温存一番，徽宗起身要回宫。见窗外夜深霜浓，李师师细心叮嘱徽宗。

后来，周邦彦将所见之景填成一阕词。词中所写的男女之情意态缠绵，婉转有味。

少年游

并刀如水，吴盐胜雪，纤手破新橙。锦幄初温，兽烟不断，相对坐调笙。

低声问向谁行宿，城上已三更。马滑霜浓，不如休去，直是少人行。

清人贺裳在《皱水轩词筌》中说：“周清真避道君，匿师师榻下，作《少年游》以咏其事。吾极喜其‘锦幄初温，兽烟不断，相对坐调笙’，情事如见。至‘低声问向谁行宿，城上已三更。马滑霜浓，不如休去’等语，几于魂摇目荡矣。”

“并刀如水，吴盐胜雪，纤手破新橙。”真是清新别致，惟妙惟肖。

李师师觉得词文曼妙，忍不住唱了出来。那夜情景，宋徽宗自是心知肚明，知道此词为周邦彦所作后，一怒之下便将其贬出京城。

李师师置酒为他送别，周邦彦百感交集，写下一阕《兰陵王·咏柳》。

他虽是京华倦客，但内心深处仍割舍不下与之欢爱的佳人。沉思往事，恍若梦中，纵有万千不舍，他终要乘舟离去。

兰陵王·咏柳

柳阴直，烟里丝丝弄碧。隋堤上，曾见几番，拂水飘绵送行色。登临望故国，谁识京华倦客。长亭路，年去岁来，应折柔条过千尺。

闲寻旧踪迹，又酒趁哀弦，灯照离席。梨花榆火催寒食。愁一箭风快，半篙波暖，回头迢递便数驿。望人在天北。

凄恻，恨堆积。渐别浦萦回，津堠岑寂，斜阳冉冉春无极。念月榭携手，露桥闻笛。沉思前事，似梦里，泪暗滴。

这首《兰陵王·咏柳》于绮丽中带着悲壮，如此典雅、清丽。李师师想必唱得宛若天籁之音。

据说，到南宋的绍兴初年，杭州城忽然流行起周邦彦的这首《兰陵王·咏柳》，歌楼酒肆均传唱不绝。

宋徽宗本就诗文造诣极高，他亦爱才惜才，不久便赦免了周邦彦，还让他提举大晟府，专管乐舞。

三 便相看、老却春风，莫无些欢意

《宋史》记载，周邦彦年少时“疏隽少检，不为州里推重”。可见，那时的他是个玩世不恭、放浪形骸的风流少年。

周邦彦生于北宋嘉祐元年（1056年），是钱塘人氏，自幼聪颖，勤奋好学，博涉百家之书。他性好音律，对词曲有着与生俱来的天赋。

自古才高者难免恃才傲物，放纵不羁。他生性风流，会填词作曲，又美如冠玉，玉树临风。

那个出入青楼楚馆的翩翩少年是他，畅游西湖山水的雅客也是他。

年少轻狂时，他混迹风月场所，纵情声色。他是诸多歌妓眼中的周郎，才华横溢，气宇轩昂。

整日虚度光阴，沉湎于酒色之中、胭脂堆里，他亦觉疲惫。

后来，周邦彦收拾行囊，辞别南国的山水，前往都城开封府，开始他人生中第一场游历。

京师的繁华，比之江南更胜。《东京梦华录》中有言：“举目则青楼画阁，绣户珠帘。雕车竞驻于天街，宝马争驰于御路。金翠耀目，罗绮飘香。”

很难想象，这样璀璨夺目、鼎盛辉煌的大宋京师于某一日遭遇战火，顷刻间烟消云散，宗庙尽毁。

周邦彦每日闲游酒肆，结交文友，亦出入青楼，与歌妓相好，但他的风流故事却不及柳永那么多，且将他的际遇和柳三变相比，他多了几分幸运。

元丰六年（1083年），他向神宗献上长达七千字的《汴都赋》。神宗阅后拍案叫绝，召他至政事堂，命尚书右丞李清臣在迩英阁朗诵。

这篇《汴都赋》多古文奇字，冷僻生涩。诵读的臣子竟不识得这篇赋中的许多字，只好读其偏旁。

之后，周邦彦因献赋而成名，誉满天下，由太学生直升为太学正。

然而，生性散淡的他，对官场之事毫无兴致，除了作曲填词，便只有醉心风月。《宋史》记载，他在太学正任上“居五岁不迁，益尽力于辞章”。

意难忘

衣染莺黄。爱停歌驻拍，劝酒持觞。低鬟蝉影动，私语口脂香。檐露滴，竹风凉。拚剧饮淋浪。夜渐深、笼灯就月，子细端相。

知音见说无双。解移宫换羽，未怕周郎。长颦知有恨，贪耍不成妆。些个事，恼人肠。试说与何妨。又恐伊、寻消问息，瘦减容光。

万里春

千红万翠，簇定清明天气。为怜他、种种清香，好难为不醉。

我爱深如你，我心在、个人心里。便相看、老却春风，莫无些欢意。

若可以，周邦彦宁可在京城做一个闲散的填词人，纵游手好闲，百无聊赖，亦胜过沉浮于朝堂的动荡纷争。

世间有千红万翠，但他心中始终有那么一个人，如春风细雨，温润如水。

四 憔悴江南倦客，不堪听、急管繁弦

神宗去世后，高太后垂帘听政，旧党当权。周邦彦遭排挤，被贬出京城。他先任庐州教授，后又改任溧水知县。

他虽遭贬谪，漂泊在外，但似乎没有太多的羁旅闲愁，亦无怨天尤人的感叹。

自命风流、潇洒不羁的周郎，无论行至何处，任何职，其身边始终不缺如花美眷。

元祐四年（1089年），他自庐州离任，回首往日的旖旎时光，甚觉不舍，便写下一首情深意长的词。

玉楼春

桃溪不作从容住，秋藕绝来无续处。当时相候赤阑桥，今日独寻黄叶路。

烟中列岫青无数，雁背夕阳红欲暮。人如风后入江云，情似雨余粘地絮。

他辗转去了溧水，感叹身如社燕，年年漂泊。他也有哀怨，却始终保持恬淡之心，不争荣辱，随遇而安。

满庭芳·夏日溧水无想山作

风老莺雏，雨肥梅子，午阴嘉树清圆。地卑山近，衣润费炉烟。人静乌鸢自乐，小桥外、新渌溅溅。凭栏久，黄芦苦竹，拟泛九江船。

年年。如社燕，飘流瀚海，来寄修椽。且莫思身外，长近尊前。憔悴江南倦客，不堪听、急管繁弦。歌筵畔，先安簟枕，容我醉时眠。

他虽是天涯倦客，但心性淡然，不喜惆怅，醒时长饮樽前，醉后听雨卧眠。无论遭受怎样的境遇，他皆能自我消遣，从容应对。

绍圣末，周邦彦结束了十余年浮沉州县的漂泊生涯，回到汴京，任国子监主簿。

哲宗慕周邦彦之才华，命周邦彦诵《汴都赋》。虽时过境迁，但洋洋洒洒的一篇长赋，仍令人听后感到震撼。

哲宗即授他为秘书省正字。此后，他在京任职多年，历官校书郎、考功员外郎等职。

他的仕途没有平步青云，但他本厌倦朝堂之纷争，故功名于他形同虚设。他独不可一日无词无曲，无酒无宴。

宋徽宗时期，周邦彦先出知隆德府，后被调知明州，再度被调回汴京，拜秘书监。

直至提举大晟府，日日作曲填词，研音炼字，他方觉日子过得舒坦又自在。

这期间，周邦彦创作了许多新词调，深得徽宗恩宠，亦被时人追捧。

唐圭璋在《唐宋词鉴赏词典·前言》中说："北宋婉约作家，周最晚出，熏沐往哲，涵泳时贤，集其大成。"

周邦彦继承了秦观、柳永等人的成就，开了格律词派的先河。他的词在艺术技巧上出凡入胜，博采诸家之所长，令后人倾慕并效仿。

徽宗爱其才华，问周邦彦可否为宫廷填词以娱乐之时，周邦彦竟拒绝，只道臣下已老，颇后悔少年时的轻佻之作为。

五　故乡遥，何日去？家住吴门，久作长安旅

晚年的周邦彦回到了钱塘故里，在宁静的山水中终老此生。

他的词作除了情致缠绵，更多的是对过往的追忆与怀想。但他的内心，始终是平静的，波澜不惊的。

忆旧游

记愁横浅黛，泪洗红铅，门掩秋宵。坠叶惊离思，听寒螀夜泣，乱雨潇潇。凤钗半脱云鬓，窗影烛光摇。渐暗竹敲凉，疏萤照晚，两地魂销。

迢迢。问音信，道径底花阴，时认鸣镳。也拟临朱户，叹因郎憔悴，羞见郎招。旧巢更有新燕，杨柳拂河桥。但满目京尘，东风竟日吹露桃。

他不愿与蔡京一党同流合污，再度被贬出京城，先后知顺昌府、徙知处州。

宣和三年（1121年），周邦彦病逝于南京（今河南商丘）。生前多少有情之事，皆成过往；死后多少浩浩之名，化风烟寂静。

回首周邦彦这一生，他早年虽也漂泊流转，但始终是平稳安定的。对比苏轼等人频频遭贬、一生动荡之境遇，他是幸运的。

他虽生逢北宋后期，但山河破碎之惨变在其身后。靖康之变与他无关，满城风雨、生灵涂炭，亦和他无关。

尽管他从未贪恋京师的富贵，但他凭其功名才得以在这座皇城里风雅度日。

楼钥在《清真先生文集序》中说：“钱塘周公，少负庠校隽声，未及三十，作《汴都赋》七千言……天子嗟异之……哲宗始置之文馆，徽宗又列之郎曹，皆以受知先帝之故，以一赋而得三朝之眷，儒生之荣莫加焉。”

若说还有什么令他念念不忘，那便是年少时的风流韵事，是钱塘故里的清嘉风物。

下面这首清新秀美的词历来受人推崇，至南宋时仍为家弦户诵。

苏幕遮

燎沉香，消溽暑。鸟雀呼晴，侵晓窥檐语。叶上初阳干宿雨，水面清圆，一一风荷举。

故乡遥，何日去？家住吴门，久作长安旅。五月渔郎相忆否？小楫轻舟，梦入芙蓉浦。

他久为汴京倦客，不忘家住吴门，不忘江南的十里荷花，犹记得雨后初晴，荷花浮动于水面上的亭亭风姿。

他离开家乡很久，很远了，亦叹不知归期何日！不知吴门江上的渔郎是否还记得，那位常乘小舟游赏于藕花深处的翩翩少年？

时过境迁，如今周郎已老，往事如烟。

卷四
蓦然回首，
那人却在，灯火阑珊处

宋徽宗

谁同我，江山与共，情深意浓

一　玉京曾忆旧繁华。万里帝王家

一夕之间，大宋王朝陨落，地动山摇，天地换颜，山河易主。

世事果真是荒唐如梦，他从帝王沦为囚徒。他的宫妃、宗室、百官、仆从，以及教坊乐工、技艺工匠、珍贵宝物、皇家藏书，随着他一同流亡，而他们受尽屈辱。

金兵攻破汴京城后，宋徽宗赵佶与其长子宋钦宗赵桓被贬为庶民。曾经无比繁华的汴京城被洗劫一空，北宋灭亡。《清明上河图》里的盛世，一去不复返。

汴京的百姓以及万千臣民，自此慌乱无主，居无定所。宋徽宗被押送去了金国都城，卑微如蝼蚁。他的世界，已陷入一片愁云惨雾，而他再无宁日。

倘若可以，他会毫不犹豫地选择当他的端王，一生富贵闲散，自在无忧，专注于他的花鸟画，描写瘦金体，精进茶艺，摆弄瓷器。但这世上没有倘若，他亦无可选择。

元脱脱曾评："宋徽宗诸事皆能，独不能为君耳。"这句话，如同宿命，牵制了他的一生，且不可摆脱。人间的尊荣，他生来便有，无须追求；至于世上的风云，他脆弱不堪，经受不起。

眼儿媚

玉京曾忆旧繁华。万里帝王家。琼林玉殿，朝喧弦管，暮列笙琶。

花城人去今萧索，春梦绕胡沙。家山何处？忍听羌管，吹彻梅花。

这阕词既销魂，亦断肠。这时的他早没有了君临天下的气度，只是一位落魄低微的囚徒。

他的汴京城已成了别人的疆土。他的爱妃被金将强行掳去，自刎车中，已成荒骨。他的子民只得对别人俯首称臣。

往事不堪回首，何忍回首。这江山并不是他想要的，而他坐了二十五年的龙椅和居住过的琼林玉殿，他亦不留恋。他在意的是为他载歌载舞的美人，是他如山如海的字画藏品。

他是个文人，享诗情画意，风雅无边。说来也是幸运，在他的国度，才子云集，词客风流。他的人生恰如一首宋词，以华丽开场，以落寞终结。

大宋的江山原本与他无关，因为他只是一位有名无权的王爷。年少的他多情浪漫。他不爱万里河山，也不是至尊王者。他钟情的是笔墨丹青、奇花异石，以及骑马蹴鞠。

上苍给了他非凡的天赋，但这天赋不是打理江山的谋略，而是书法绘画方面的才情。

他懂得如何做一个雅致文人，却不懂得怎样做一个君王。他奢侈的生活即品茶吃酒，迷恋声色犬马，优游青楼楚馆。

对于京城有造诣的画家、书法家，他都仰慕，且尊重。

京城的名妓皆与他有染，且待他以深情。他宁可沉迷佳人美色，对着字画古玩，也不要天下大权。

二 雅怀素态，向闲中、天与风流标格

宋徽宗名为赵佶，是宋神宗的第十一子，宋哲宗之弟。哲宗病逝无子，故他被推上了皇位。

河山万里，锦绣无边，这天下自此归他所有。那一刻，他心中亦有过欢喜。

世上一切都是他的，美人、山水花鸟，以及字画藏品，皆属于他一人。

将大宋王朝交付于他，是一个美丽的错误。他诸事皆能，唯独不能做的就是帝王。

《宋人轶事汇编》记载，在宋徽宗降生之前，宋神宗曾观看南唐后主李煜的画像，“见其人物俨雅，再三叹讶，而徽宗生。生时梦李主来谒，所以文采风流，过李主百倍”。

赵佶身上果真有李煜的影子。他儒雅俊逸，才情逼人，通音律，善绘画，与花鸟为朋，和山石做知己。

在他成为宋徽宗之前，赵佶是一位才华出众的王爷。诗词书画，他无一不精通。至于骑马蹴鞠，他也表现得出类拔萃。

在北宋年间，像他这样的人物屈指可数，更莫说他出自皇家，有着与生俱来的华贵气质。后来，他君临天下，品质端庄，毫无矫揉造作之态。

宋哲宗是个有作为的帝王，将帝国打理得富庶且强大，交给宋徽宗一片锦绣江山。可就是这样大好的河山，最后断送在徽宗和钦宗手里。

帝王的眼中应该是天下苍生，而他眼中却只有书画词茶和痴情爱恋。他随性、散漫，可以做一位风流倜傥的王爷，却承担不了一位帝王的重责。

他对绘画书法一直不改痴心，时常为了描摹某个场景而忙到夜深人静，但对案几上的奏章和烦琐的国事，他并不肯用心。

三 池荷成盖闲相倚，迳草铺裀色更柔

宋徽宗即位后，启用新法。蔡京擅长书法，因而得到宋徽宗

的赏识，并被委以重任。蔡京后升为相，主持朝政，打着绍述新法的旗号，作恶多端，使大好的政治形势一落千丈。

蔡京贿赂公行，卖官鬻爵，“三千索（‘索’意与‘贯’同），直秘阁；五百贯，擢通判”。蔡京增税加赋，搜刮民财，征收所谓经制钱，“取量添酒钱及增一分税钱，头子、卖契等钱，敛之于细，而积之甚众”。

宋徽宗在位时，奢侈无度，劳民伤财。他在南方采办“花石纲”，于汴京筑园“艮岳”。他信奉道教，大建宫观，自称“教主道君皇帝”。

原本鼎盛的北宋，在他腐朽无为的统治下，爆发了一场场农民起义。宋江起义和方腊起义先后爆发。北宋王朝，已陷入四面楚歌的境地。

若说徽宗的功绩，那定是他在书法绘画上的造诣。他自创的“瘦金体”，有“天骨遒美，逸趣霭然”之感，又“如屈铁断金”。

他的字体细瘦，侧锋如兰竹，整体秀美雅致，流利洒脱，与其绘画相得益彰。

夏日

清和节后绿枝稠，寂寞黄梅雨乍收。

畏日正长凝碧汉，薰风微度到丹楼。

池荷成盖闲相倚，迳草铺裀色更柔。

永昼摇纨避繁溽，杯盘时欲对清流。

宋徽宗创立花鸟工笔画，使宋代的绘画艺术有了盛况空前之景象。论绘画天赋，他乃历代帝王里的佼佼者，无与伦比。

他利用皇权开创宣和画院，发展宫廷绘画，广集画家。

王希孟便是画院的学生，侍奉徽宗左右，甚至得徽宗亲授其法，因而画艺精进。后来，王希孟创作了千古鸿篇《千里江山图》，风靡汴京。

时人赞《千里江山图》“一点一画均无败笔，远山近水，山村野市，渔艇客舟，桥梁水车，乃至飞鸟翔空，细若小点，无不出以精心，运以细毫”。

北宋著名画家张择端在宋徽宗时曾供职翰林图画院，其作品《清明上河图》便是进献于徽宗的贡品。徽宗乃此画的第一位收藏者。此画后来成为画史上的稀世珍宝。

汴京的繁华景象，如汴京往来的舟船、林立的商铺、稠密的人群，自此便停留在画（《清明上河图》）上。它们经历千年沧桑变故，始终不改分毫。

若可以，宋徽宗可能亦愿意永远定格在画中，在属于他的王朝里继续风雅万千。如此，他便可以终日沉迷玩乐，得闲再打理一下江山。

四 浅酒人前共，软玉灯边拥

宋徽宗爱书法，爱绘画，也爱茶。他撰写的经典茶书《大观茶论》为历代茶人所引用。宋朝盛行点茶、斗茶，以及茶百戏。

宋徽宗精于茶艺，痴迷品茶，不惜亲自为臣下点茶。蔡京的《皇帝幸鸣銮堂记》记载，徽宗“遂御西阁，亲手调茶，分赐左右”。

宋徽宗还开创了官窑制度，建立了历史上第一个官窑。他喜欢青瓷，追求含蓄典雅、清冷至简的釉色之美。唐三彩、元青花、明珐琅自然是百媚千红，但唯有青瓷得文人钟情。

宋人不爱奢华，崇尚自然；他们不好奇巧，懂得生活。青瓷朴素无华，美在收敛，美在极简又不失温厚雅致。宋代的美学一如青瓷这般，出尘脱俗，淡泊不争。

念奴娇·御制

雅怀素态，向闲中、天与风流标格。绿锁窗前湘簟展，终日风清人寂。玉子声干，纹楸色净，星点连还直。跳丸日月，算应局上销得。

全似落浦斜晖，寒鸦游鹭，乱点沙汀碛。妙算神机，须信道，国手都无勍敌。玳席欢余，芸堂香暖，赢取专良夕。桃源归路，烂柯应笑凡客。

宋徽宗就是这样一个不务正业的皇帝，他好书画词茶，更爱绝色美人。京城名妓李师师曾与他有过一段恋情。

徽宗时常游青楼楚馆，风流成性。后宫三千佳丽对他来说只是一种姿态，让他甚觉无味。李师师之名冠绝汴京，故这位风流天子怎会错过与她相识相交之机？

李师师擅长歌舞，深谙诗词，为诸多文人雅士、达官贵人所钦慕。周邦彦对她情深。后来，她深得徽宗宠爱，但以她的身份，始终不能入宫为妃。

她是他生命中的过客，匆匆来去，不留踪影，但他又何尝不是她的过客？对徽宗，她或许也有情，但决不会沉溺在这种情感中。

世事无常，他后来经历山河破碎，被金人囚禁，饱受折磨。

而她或与某个才子携手天涯，浪迹江湖；或香消玉殒，魂断汴京。总之，他们的情事，不必与谁交代；他们的去留，也无人真的在意。

那时的宋徽宗文雅多情，用他的瘦金体写字填词，快乐逍遥。他的词，婉约清丽，妩媚动人。

五　天遥地远，万水千山，知他故宫何处

靖康元年（1127年）闰十一月二十五日，金兵的铁骑攻破汴京城。

宋徽宗饮尽杯中的残酒，随儿子钦宗、宫妃、臣子和他收藏的宝物，一同被押送至北方。他的爱妃被金将强行掳去，他的子民流离转徙，无家可归。

那一刻，宋徽宗是否会心存愧意？他被囚禁在五国城，过着不见天日的凄惨生活。

他辉煌的宫殿被人占据，他的江山有了新主，他数十年的藏品被人掠夺，其中一些散落风尘，另一些甚至化作灰烬。

在北题壁

彻夜西风撼破扉，萧条孤馆一灯微。

家山回首三千里，目断天南无雁飞。

醉落魄·预赏景龙门追悼明节皇后

无言哽噎。看灯记得年时节。行行指月行行说。愿月常圆，休要暂时缺。

今年华市灯罗列。好灯争奈人心别。人前不敢分明说。不忍抬头，羞见旧时月。

被流放期间，宋徽宗始终痴迷诗词。只是，他的词风已不复当年的清扬婉兮，更多的是感伤的悲情之作。

自离开汴京，他日夜思念故国，怀念故国的城阙楼台、草木山石。从帝王沦为阶下囚，他内心的痛苦是无以言说的。

宋徽宗曾派臣子曹勋逃出金国，将御书转递康王赵构，盼其援救。南宋群臣见御书后悲戚不已，但觉援救之行难成。

宋廷不断败逃，几经辗转，迁都至临安。这里莺飞草长，歌舞升平，渐渐消磨了他们收复山河的勇气，但他们并非遗忘了收复山河之志，而是江山未稳，无力相救。

等待是漫长的，尤其是没有未来的等待，后者更令人心神皆伤。

对他来说，囚禁的日子，每一天都是难熬的。到后来，他绝望了，他知道，此一生再走不出这五国城。

他唯一的寄托便是以纸笔写字填词。

只怕，那时的徽宗已无绘画之心。更何况，这一片荒凉的山水远不及他心中的美好。

宴山亭·北行见杏花

裁剪冰绡，轻叠数重，淡著胭脂匀注。新样靓妆，艳溢香融，羞杀蕊珠宫女。易得凋零，更多少无情风雨。愁苦！问院落凄凉，几番春暮？

凭寄离恨重重，者双燕，何曾会人言语？天遥地远，万水千山，知他故宫何处？怎不思量？除梦里、有时曾去。无据，和梦也新来不做。

“问院落凄凉，几番春暮？”曾经，他在梦里与隔了天遥地远的故宫相逢。如今，“和梦也新来不做”。

可见，那时的宋徽宗已经万念俱灰，对将来再不抱丝毫的期许。

他不愿，也不想这样没有尊严地活着。日暮途穷时，他不再坐以待毙，而是选择从容赴死。

人们都说宋徽宗不堪精神折磨而死于五国城。其实，他已觉生无可恋，不想再苟延残喘。

他饱享一世华贵、尊荣，他有江山、美人，也有诗词茶画，奈何余生悲凉，死于困境。

宋徽宗真是诸事皆能，唯不能为君！

他若不是君王，他会活得更光彩，更潇洒。他的闲逸情致需要富贵滋养，但他的文弱之态支撑不起大宋的江山。

他是亡国之君，却让宋朝风雅了千年。

他断送了北宋王朝，王朝亦将他断送。

李清照

千古才女，前半生赌书泼茶，后半生流转天涯

一 知否？知否？应是绿肥红瘦

她是宋朝女子，其词是宋词那风雅的长卷中不可缺少的辞章。

她的词婉约温柔，清丽淡雅，被后人辑为《漱玉词》。

她的词宛若一缕梅香，弥漫于整个大宋王朝，经久不息；又似盛夏的荷香，在千年前的兰舟上迟迟不能消散。

世间女子芸芸，称得上千古第一才女的唯有李清照。她号易安居士，是婉约派代表。她虽是女子，但不输唐宋文客，不弱须眉。

李清照出身书香门第，冰雪聪明，灵气逼人，“自少年便有诗名，才力华赡，逼近前辈”（王灼《碧鸡漫志》）。

其父李格非，进士出身，是苏轼的学生，官至提点东京刑狱、礼部员外郎。他藏书万卷，善文工词。

李格非视李清照为掌上明珠，在她年幼时，便教她读书写字、赋诗填词。她小小年岁，便读遍家中藏书，词名远扬。

少女时代，她天真烂漫，冰雪之姿，皎洁似雪。她在最好的年华随父亲去了汴京，在华丽又明净的庭阁，过着优雅高贵的生活。

于李清照而言，那是一段安逸无忧的时光，宋朝的山河瑰丽夺目，汴京城更是锦绣如织。

李清照不似寻常少女，每日坐于闺阁，精于女红。她时常出游于街市酒馆，小酌嬉乐。她喜乘舟弄莲，于藕花深处惊起鸥鹭。

这期间，她写下的许多明快活泼的词，传遍京城。

如梦令

（其一）

常记溪亭日暮，沉醉不知归路。兴尽晚回舟，误入藕花深处。争渡，争渡，惊起一滩鸥鹭。

（其二）

昨夜雨疏风骤，浓睡不消残酒。试问卷帘人，却道海棠依旧。知否？知否？应是绿肥红瘦。

二 花自飘零水自流。一种相思，两处闲愁

那时的他还是一名太学生，知她才情，慕名而来，愿一睹芳容。他叫赵明诚，也出自官宦之家，儒雅俊朗，博学多才。

她乃宋时词女，容颜清丽，才情惊世。她与他乃才子佳人，遇见便是幸运，是福分。二人缔结良缘，更是此生的造化。

点绛唇

蹴罢秋千，起来慵整纤纤手。露浓花瘦，薄汗轻衣透。

见客入来，袜刬金钗溜。和羞走，倚门回首，却把青梅嗅。

对于她的少女情怀与心事，他懂得并且珍惜。他爱收藏金石书画，几近痴迷，而她为他典当珠钗，无怨无悔。婚后的生活，甜蜜浪漫，惹人艳羡。

李清照和赵明诚虽为贵家子弟，但赵、李两家素来贫俭，给他们夫妇的银钱也很有限。

他们夫妇时常典当衣物换钱，去热闹的相国寺市场买回他们喜爱的碑文字画。夜里挑灯饮酒，对着寻来的宝物，他们“相对展玩咀嚼”。

后来，赵明诚入了仕途，夫妇二人依旧过得朴素节俭。他曾对李清照说：“宁愿饭蔬衣练，穷遐方绝域，尽天下古文奇字。”

他们不仅于市场寻觅书卷，还想方设法把朝廷馆阁收藏的罕见珍本秘籍借来并尽力传写，浸润其间，不能自已。

夫妇虽清贫，但恩爱，其日子亦是高雅有趣，幸福美满的。

平静的岁月里亦有波澜迭起。李清照之父李格非被卷入了党派之争，而“元祐党人”的罪名令李清照亦受株连。她被迫离京还乡，与赵明诚短暂地别离。

恩爱夫妻，一朝别离自是难舍难分。她将相思寄于词中，随落花飘零。

一剪梅

红藕香残玉簟秋。轻解罗裳，独上兰舟。云中谁寄锦书来？雁字回时，月满西楼。

花自飘零水自流。一种相思，两处闲愁。此情无计可消除，才下眉头，却上心头。

醉花阴

薄雾浓云愁永昼，瑞脑消金兽。佳节又重阳，玉枕纱厨，半夜凉初透。

东篱把酒黄昏后，有暗香盈袖。莫道不消魂，帘卷西风，人比黄花瘦。

崇宁五年（1106年），朝廷毁元祐党人碑，继而大赦天下，解除一切党人之禁。李清照因此和赵明诚团聚，然重逢的喜悦短如朝露。

一场政治灾祸无情地落于赵家。赵明诚之父赵挺之被罢右仆射后五日病卒。

不几日，赵挺之被宰相蔡京诬陷，其在京的家属皆被捕入狱，不久即被释放。但赵明诚因此丢了荫封的官职，难以继续留在京城。

三 甘心老是乡矣

李清照随赵明诚回到青州老宅，安身于一座古朴典雅的院落，为其取名“归来堂”。她自号“易安居士”。

赵明诚的《题易安居士三十一岁之照》：“清丽其词，端庄其品。归去来兮，真堪偕隐。政和甲午新秋，德父题于归来堂。”

老宅旧庭，虽无昔日京师府邸气派，但有新竹拂窗，寒梅闹枝。

更何况，他们带回来十几车书籍字画，金石碑文。日子清贫如水，然彼此内心丰盈饱满，乐趣无穷。

在这段时光，他们与世无争，恬淡安稳。归来堂远离朝廷纷乱，不经战火硝烟。夫妇二人依旧节衣缩食，不断搜寻金石古籍，填补岁月。

李清照在《金石录》后序里写道："后屏居乡里十年，仰取俯拾，衣食有余。连守两郡，竭其俸入以事铅椠。每获一书，即同共勘校，整集签题。得书、画、彝、鼎，亦摩玩舒卷，指摘疵病，夜尽一烛为率。故能纸札精致，字画完整，冠诸收书家。"

闲暇之日，夫妻赌书泼茶，琴瑟和调，不尽清欢。《金石录》后序记载："余性偶强记，每饭罢，坐归来堂烹茶，指堆积书史，言某事在某书某卷第几页第几行，以中否角胜负，为饮茶先后。中即举杯大笑，至茶倾覆怀中，反不得饮而起。甘心老是乡矣。"

后来，纳兰容若有词："赌书消得泼茶香。当时只道是寻常。"读来令人身临其境，意味深长。那时的纳兰公子，只愿用世间一切功名富贵换取平淡的流年。

十年光阴，稍纵即逝。这期间，赵明诚为寻求古物四处远游，也与李清照有过片刻的别离，但更多的是彼此相依相守。二人婚后多年始终伉俪情深，如胶似漆。

世道动荡，草木皆兵，何来长久的安稳！金人大举南侵，宋徽宗和宋钦宗二帝被俘虏，史称"靖康之变"。北宋王朝消亡，江山无主，百姓飘零。

李清照精选了珍藏的书籍古物，押运南下。兵荒马乱，曾经珍视的稀品，今成负累。

《金石录》后序记载："既长物不能尽载，乃先去书之重大印本者，又去画之多幅者，又去古器之无款识者，后又去书之监本者，画之平常者，器之重大者。凡屡减去，尚载书十五车。至东海，连舻渡淮，又渡江，至建康。”

建炎元年（1127年），青州兵变，遗留在归来堂的书册画卷皆被焚毁。

可见，人间万物，纵归你所有，亦只是借用，不曾有地老天荒。

四　三杯两盏淡酒，怎敌他，晚来风急

建炎三年（1129年），李清照于雪日登城，顶笠披蓑，填词觅句。

临江仙

欧阳公作《蝶恋花》，有“深深深几许”之句，予酷爱之。用其语作“庭院深深”数阕，其声即旧《临江仙》也。

庭院深深深几许，云窗雾阁常扃。柳梢梅萼渐分明，春归秣陵树，人老建康城。

感月吟风多少事，如今老去无成。谁怜憔悴更凋零，试灯无意思，踏雪没心情。

这时的李清照，心事已染风霜。生逢乱世，乐观之人亦难免

会有几缕愁绪。

建炎三年（1129年），高宗下诏令明诚知湖州。赵明诚途中感疾，死于建康。李清照心痛神伤，大病一场，无处寄身，不胜凄凉。

她强撑憔悴之身，携带赵明诚遗留的文物书籍，投奔亲友。岂料金人穷追不舍，她在渡江时遗落所带的书籍。

李清照被迫带着少量文物仓皇南下。她背着词卷、铜器等物，一路追随帝踪，颠沛流离。她感到疲惫不堪，孤独也忧伤。

南国的秀丽山水，也不能让她因漂泊而不安的心安定下来。她流徙浙东一带，携了字画，寄人檐下，东躲西藏。

李清照后赴绍兴，居钟氏之家，却被歹人盗去书画五箱。自此，她所余文物，近乎失散；剩余几卷残章破纸，仍无处安放。

此时的李清照，已是美人迟暮，但风韵犹在。她虽遭此大劫，但没有思绪荒芜，亦没有遁世离尘。她将哀伤之情、悲凉之境，落于辞章。

声声慢

寻寻觅觅，冷冷清清，凄凄惨惨戚戚。乍暖还寒时候，最难将息。三杯两盏淡酒，怎敌他，晚来风急！雁过也，正伤心，却是旧时相识。

满地黄花堆积，憔悴损，如今有谁堪摘？守着窗儿，独自怎生得黑！梧桐更兼细雨，到黄昏，点点滴滴。这次第，怎一个愁字了得！

孤独的时候，酒是知己，可令她诉衷肠，解愁绪。她是女中豪杰，虽柔弱困苦，却不让须眉。她喜酒好赌，不拘小节，且逢赌必赢，从未输过。

李清照在《打马图经序》里写道："予性喜博，凡所谓博者皆耽之，昼夜每忘寝食。且平生多寡未尝不进者何？精而已。自南渡来，流离迁徙，尽散博具，故罕为之，然实未尝忘于胸中也。"

赌博不过是用来消遣、排解苦闷的工具。天下纷乱，她连藏身之所都无。热闹之后，留给她的是无尽的孤独、寂寥。

"物是人非事事休，欲语泪先流。"（李清照的词《武陵春·春晚》）她以瘦弱的身子，划着一叶倦舟，带着残卷，不知归处。

几经漂流，李清照孤身来到杭州。这里有天下闻名的西湖，也有在纸醉金迷中遗忘了伤痛的南宋君臣。而她寻了个静谧的院落，暂将身寄。

五 落日熔金，暮云合璧，人在何处

时间可以毁灭一切，亦可以让人原谅一切。一个男子，在她落魄无依时，闯入她的世界。

他叫张汝舟，一个平庸的男人，以娶得大宋词女为荣。他的存在却是她此生洗不去的污点。

聪慧如她，当初怎会不知他的动机？只是流离失所的心，迫切地想要寻求一个安稳的归宿。

然而，张汝舟不过是一个小人，他爱慕她的才名，更觊觎她珍视的藏品。

婚后，张汝舟察觉李清照所存的古玩文物只是徒有虚名。随之而来的，便是百般羞辱和谩骂殴打。

见惯风云、历尽沧桑的李清照，早已无畏无惧，她再不肯委曲求全，宁可身陷牢狱，亦要换取余生的自由。

灾难结束了，她从一场噩梦中醒来。对于杭州城内的些许流言蜚语，她毫不在乎。

她的晚年因为他的出现，添了一抹浓重的哀愁，但很快便荡然无存。

命运给她的清贵胜过了落拓。长物散去，但她还有一颗永不凋零的词心，一支不会干涸的词笔。这支笔，可以点染江山，书写世事。

人至暮年，若西风中的残雪。风一吹，她便瘦了，比黄花还瘦。

李清照的晚年在杭州度过。那个元夕，她一人，坐帘儿底下，听人笑语。

永遇乐

落日熔金，暮云合璧，人在何处？染柳烟浓，吹梅笛怨，春意知几许？元宵佳节，融和天气，次第岂无风雨？来相召，香车宝马，谢他酒朋诗侣。

中州盛日，闺门多暇，记得偏重三五。铺翠冠儿，捻金雪柳，簇带争济楚。如今憔悴，风鬟霜鬓，怕见夜间出去。不如向，帘儿底下，听人笑语。

一代才女纵然落魄，仍得人频频相问。她身边不缺酒朋诗友，但风鬟霜鬓令她再无意人世的繁华。观灯赏景之事，于她，恍若前生。

与其往返灯市，不如窗下独饮。暮年的李清照远离纷繁世事，在孤独中缓慢衰老，直至悄悄死去。

人们都说她晚景凄凉，其实以李清照之才情气度，她不会过于孤苦的。她是一剪寒梅，何惧风霜？她百折不挠，足以抵御人世间的一切伤害。

李清照在《金石录》后序中写道："忧患得失，何其多也？然有有必有无，有聚必有散，乃理之常。人亡弓，人得之，又胡足道！”

萍聚云散，聚时欢喜，散后亦无忧。

她是千古词人，宋朝的易安居士。

以她的修行，世上的得失聚散、生死离合，于她已薄如飞絮，不值一提。

朱淑真

断肠词女，才情堪比李清照

一 十二阑干闲倚遍，愁来天不管

宋时才女芸芸，其中被称作第一词女的，非李清照莫属。

但有那么一位女子，其才情堪比李清照，其词清婉，情致缠绵，更有一种风流。

她便是宋朝的朱淑真，号幽栖居士，亦被称作“断肠词女”。

陈廷焯曾说：“朱淑真词，风致之佳，情词之妙，真可亚于易安。宋妇人能诗词者不少，易安为冠，次则朱淑真，次则魏夫人也。”

朱淑真和李清照一样，生于仕宦之家。只是李清照为北方佳人，朱淑真则生在南方。一个风姿绰约，明媚端雅；一个温柔似水，婉转多情。

许玉瑑在《校补〈断肠词〉序》中写道："宋代闺秀，淑真、易安并称隽才。"宋时词女，被记录最多的，便是易安和淑真。

朱淑真的父亲曾在浙西做官，家境富裕，且家中书香浓郁。她自幼聪颖，博通经史，能文善画，精晓音律，尤工诗词。

小小年岁，朱淑真便会作诗填词，其才女之名，誉满江南。

钱塘的城南有一座园林，墙高院深，兼具水榭、花厅。朱淑真一生中最美好的时光，被封存在这座江南园林里。后来，她愁多欢少。

同许多少女一般，她天真烂漫，无忧无虑，同寻常闺阁女子一样精于女红。

自古女子无才便是德。宋朝有一种美学，自然典雅，简约浪漫。故纵是女子，亦须懂得生活与文字之美。

宋朝有许多女子会插花清供，写诗作词，亦会品茗饮酒。

朱淑真幼年读遍家中藏书，通晓音律，爱画梅竹。闲时她与父亲收集古董清玩，亦独自一人倚栏沉思。

《牡丹亭》里的杜丽娘一生爱好是天然。杜丽娘游园时，见姹紫嫣红，惊觉春已过半，感叹流年似水，青春已远。

那时的朱淑真亦是如此。她的少女闲愁，无处消遣；她绣的鸳鸯，未能成双。

她作《秋日偶成》一诗："初合双鬟学画眉，未知心事属他谁？待将满抱中秋月，分付萧郎万首诗。"

她游园，见春光过半，眼前花木胜极，便生无限感慨。

谒金门

春已半，触目此情无限。十二阑干闲倚遍，愁来天不管。

好是风和日暖，输与莺莺燕燕。满院落花帘不卷，断肠芳草远。

少女情怀，如梦似幻。奈何整日独坐闺阁，她纵有万千情愫，亦无人可诉说。

眼儿媚

迟迟春日弄轻柔，花径暗香流。清明过了，不堪回首，云锁朱楼。

午窗睡起莺声巧，何处唤春愁。绿杨影里，海棠亭畔，红杏梢头。

二 楼外垂杨千万缕。欲系青春，少住春还去

有一日，家中来了一位俊俏书生。她听闻他家道中落，无以为继，遂投奔于此。

他们在庭院长廊的一个转角处相遇，他白衣清俊，眉眼温柔，身上有一束光，而她不施脂粉，亦姿容绝代。

他被安排住在东轩，庭前有梅，还有一树芭蕉。此后，朱淑真成了东轩的“常客”。

他能诗会画，文采风流。他早慕她的词名，如今得见她的真容，不胜欢喜。

窈窕淑女，君子好逑。他爱慕她，每日读书，但心神不宁。她亦倾心于他，一刻不见，便觉魂牵梦萦。

那时的他为了科考，读着枯燥乏味的文字。她为他红袖添香，并写诗相劝：“鸿鹄羽仪当养就，飞腾早晚看冲天。”（朱淑真的《贺人移学东轩》）

执手偎依，共读西厢的日子，如一场春梦，了去无痕。

蝶恋花·送春

楼外垂杨千万缕。欲系青春，少住春还去。犹自风前飘柳絮。随春且看归何处？

绿满山川闻杜宇。便做无情，莫也愁人苦。把酒送春春不语。黄昏却下潇潇雨。

他不愿一生寄附于人，他要追求功名，实现一个男儿宏伟的志向。她虽有万般不舍，却装作洒然。

他许诺，来日高中必归来娶她为妻，与她白首相依。

为了这句简单又沉重的诺言，她痴痴等候，直至错过了嫁人的妙龄。

年过二十的朱淑真，惹来邻人的流言蜚语。父母一怒之下将她许配给当地的一个小官吏。

朱淑真心有不悦，奈何无力挣脱，想着虽不能与丈夫相濡以沫，伉俪情深，却也能相敬如宾，平淡度日。

三 何如暮暮与朝朝，更改却、年年岁岁

他是一名俗吏，虽知她才情横溢，词名远播，却对她的诗词毫无兴致，不屑一顾。

他的心思在于追名逐利，搜刮钱财。他辗转于吴越荆楚间做官，为人轻浮粗俗。

尽管如此，她仍旧对他有所期待。

一日，朱淑真闲来无事，作“圈儿词”寄夫。信上无字，尽是圈圈点点。她的玲珑心思，他一凡夫怎能解。后于书脊夹缝，他才见蝇头小楷《相思词》。

相思词

相思欲寄无从寄，画个圈儿替。话在圈儿外，心在圈儿里。单圈儿是我，双圈儿是你，你心中有我，我心中有你。月缺了会圆，月圆了会缺。整圆儿是团圆，半圈儿是别离。我密密加圈，你须密密知我意。还有数不尽的相思情，我一路圈儿圈到底。

丈夫阅信，次日便雇船回家，但归来亦只是平淡待她。她的柔情万千，他终究不懂。

七夕夜，她独坐妆台前，看窗外漫天星子，感慨万千。

鹊桥仙·七夕

巧云妆晚，西风罢暑，小雨翻空月坠。牵牛织女几经秋，尚多少、离肠恨泪。

微凉入袂，幽欢生座，天上人间满意。何如暮暮与朝朝，更改却、年年岁岁。

那时的朱淑真所思之人，想必是当年那个负心薄幸的东轩少年。

只是，他一去无踪，或已入了仕途，得了高官，娶得佳人；或落拓江湖，故而迟迟不敢与她相认。

朱淑真决意收拾心情，不再整日迷恋诗文，改做一名贤淑的良妇，操持家务，相夫教子。

她以为她的改变会令他焕然一新。她错了，他比从前更为粗劣不堪。

他整日混于商妓之中，纵情享乐，醉生梦死。之后便是他们无尽的争吵。他甚至将妓女带至家中，无视她的存在。

一日，他醉酒后竟打骂她。一位才人、官家之女，何曾受过此等委屈？

她忍无可忍，想要和离，但世俗不许。父母的一番劝说令她心如死灰。她知道，这一生只怕再也躲不过这场劫难。

是的，她与他的婚姻于她是一场浩荡的劫难。他不仅不解风情，庸碌无为，更粗俗卑鄙。

同为才女的李清照，却有与之志趣相投的赵明诚。他们居归来堂，收集字画，赏玩金石，赌书泼茶，情投意合。

她空有江南山水，诗情画意，奈何岁月偏心，不肯温柔以待。

“鸥鹭鸳鸯作一池，须知羽翼不相宜。东君不与花为主，何似休生连理枝。”（《怀愁》其一）她作诗遣愁，消磨时日。

她需要从这段不幸的婚姻中解脱，纵如飞絮自在来去，她亦满足。

四　娇痴不怕人猜，和衣睡倒人怀

在朱淑真绝望之时，不承想，命运另有安排。一人的出现，令她顿觉柳暗花明，枯木逢春。

宰相曾布的妻子魏玩亦是宋代的女词人，她才思敏捷，工诗善词，其诗文意境不凡，词句清丽婉约。

明朝杨慎在《词品》中写道：“李易安、魏夫人，使在衣冠之列，当与秦观、黄庭坚争雄，不徒擅名于闺阁也。”

魏玩寓居汴京，颇感寂寞，她不知从何处听闻朱淑真的才名，愿与她结交。

魏玩托人寻至江南，将朱淑真接至汴京，与之论诗填词，视若知己。

朱淑真得以逃离禁锢多年的牢笼，心中甚欢喜。每日与诗词做伴，她恍若遇见年少时的自己。

魏玩时常摆盛筵，邀名流雅士，以诗词唱和、歌舞助兴。

朱淑真成了魏玩的座上客，找回了往日的才思。她曾写《会魏夫人席上》（其四）诗：“占断京华第一春，清歌妙舞实超群。只愁到晓人星散，化作巫山一段云。”

这期间，她也结交贵族夫人、当代名士，生活得自在惬意，一扫往日的愁云惨雾。

在繁华的汴京，多少人爱慕她的词名，愿得其芳心，但她皆拒之门外，冷漠相待，直到遇见他。

他玉树临风，洒脱不羁。更令她心动不已的，是他欣赏她的才情，怜惜她的遭遇。

他不介意她曾嫁作人妇，她亦不管将来。他们携手游湖，于烟雨中赏荷，吟诗对句，情意绵绵。

清平乐

恼烟撩露，留我须臾住。携手藕花湖上路，一霎黄梅细雨。

娇痴不怕人猜，和衣睡倒人怀。最是分携时候，归来懒傍妆台。

“娇痴不怕人猜，和衣睡倒人怀。”她不惧人言，唯愿与他厮守，朝朝暮暮。她爱他，爱得坦荡彻底，不遮不掩。

她自问与相爱之人风流缠绵，仍是冰清玉洁的。更何况在软红十丈的汴京城，男女私会之事，不知凡几。

可惜，好景不长，乐极生悲。

金兵攻破了汴京，那个爱写瘦金体、爱画花鸟的宋徽宗连同宋钦宗被金人掳去了。

自此，江山大乱，臣民流离，朱淑真亦和他在战乱中离散，失去了他的消息。

那时的京城，草木皆兵。曾布的夫人魏玩亦在战火中逃亡，不知所终。

五 愁病相仍，剔尽寒灯梦不成

朱淑真孤身一人，无处投奔。几番辗转，她回到钱塘，这里山水依旧，歌舞升平。

只是，父母对她的出走，甚为愤怒。许多人把她在汴京城的生活说成“桑濮之行”。

人言可畏，她却无惧。

但她被相思熬煎，心神皆疲，一日不能消停。

时人记载，她“每到春时，下帏趺坐，人询之，则云：‘我不忍见春光也。’盖断肠人也”。

多少愁怨因春而起，亦因春而尽。

人世情缘来去如风，一切不由自主。唯有内心的才思真正属于自己，如影相随，不离不弃。

她的词，比其从前之作更加凄婉哀怨，如泣如诉。

菩萨蛮·咏梅

湿云不渡溪桥冷。娥寒初破东风影。溪下水声长，一枝和月香。

人怜花似旧，花不知人瘦。独自倚阑干，夜深花正寒。

减字木兰花·春怨

独行独坐，独唱独酬还独卧。伫立伤神，无奈春寒著摸人。

此情谁见，泪洗残妆无一半。愁病相仍，剔尽寒灯梦不成。

“愁病相仍，剔尽寒灯梦不成。”她仍心存期待，盼着有一日他会寻来，与她携手，走过漫漫余生。

钱塘朱淑真，谁人不知，谁人不晓？她日益消瘦，他杳无音讯。

她忧郁成疾，一病不起。之后，她在伤心寂寞中死去。死时，大雨倾城，河山落泪。

一代佳人，一生浮沉幻灭。数十载光阴，于笔下不过刹那。

朱淑真为才所缚，为情所伤。若她如寻常的官宦之女，早在妙龄便嫁与如意郎君，做个贤妻良母，亦可拥有人间平淡的幸福。

历史上，朱淑真的生卒年份皆不详。她的身世历来说法不一，就连她的婚姻，亦扑朔迷离。有人说她嫁给了一名小官吏，有人说她嫁给了一位商贾凡夫。

总之，她的人生是不幸的。她所嫁之人，品行不端，庸俗无趣。她所爱之人，与她劳燕分飞，风流云散。

朱淑真去世后，其父母悲痛不已，将其生前所有诗词付之一炬。在他们眼里，她此生为才华所累。他们愿她死后清静无尘，洁白一身。

后来，有人将她散落的诗词辑录，取名《断肠集》。

她是钱塘的朱淑真，宋朝的断肠词女。

陆游

他是人间放翁，更是沈园的一名过客

一 山盟虽在，锦书难托

他是驿外梅花，人间放翁。他是沈园过客，南宋才子。他是江边渔父，镜湖闲人。

他生于宣和七年（1125年），北宋灭亡之际，江山摇摇欲坠。他于孝宗时被赐进士出身，后投身军旅，英勇抗金。纵罢官故里，垂钓江畔，他仍有收复山河之志。

他为情而生，虽不似婉约才子伤红悯艳，写尽离合，却为爱痴狂，笃守一生，遗憾终老。

人都道他为情所伤，却不知，人间相逢皆是无由来去。纵有权势、富贵，亦难有一情投意合之人相携白首。

陆游和唐婉的故事，已成千古绝唱。陆游和唐婉，青梅竹马，志趣相投。

陆游二十岁时，有幸与唐婉结为夫妻。他风采俊逸，她柔情秀婉。彼此同游同栖，赌书泼茶，可谓神仙眷侣。若此真情者，古今又有几人？

二人婚后如胶似漆，琴瑟和调。唐婉是个才女，冰雪聪明，善诗词歌赋。那时的陆游，懒于功名，眼中只有唐婉。

陆游的母亲个性要强，她不喜唐婉的多情，怕她影响儿子的仕途。本是一段良缘，但两人被无情拆散，不得圆满。

陆游依从母命，娶王氏为妻。唐婉亦从父命，嫁与赵士程。一段本该留名千古的佳缘，就此结束。

那年的当垆人，唱起了白头吟。当年的待月客，成了陌路人。

他们看似各有安排，各得幸福。然彼此心中，已情根深种，难以忘怀。

十年后，陆游在沈园偶遇唐婉夫妇。二人匆匆寒暄过，作别而去。唐婉念着旧情，着人送来了酒菜，赠予陆游。

陆游念及故人，内心悲喜交集，多年刻意不去碰触的往事此刻在心底如波涛汹涌。

他提笔在粉墙上写下一首《钗头凤》，字字深情，句句凝血。

钗头凤

红酥手，黄縢酒，满城春色宫墙柳。东风恶，欢情薄。一怀愁绪，几年离索。错！错！错！

春如旧，人空瘦，泪痕红浥鲛绡透。桃花落，闲池阁。山盟虽在，锦书难托。莫！莫！莫！

这杯酒太苦，但浸着千年的深情。千百年来，凡读过此词之人，无不黯然神伤，甚至泪落不止。

陆游走后，唐婉踏着春丛，独自至相遇之处，已不见良人。唯有一首断肠词题在粉壁上，酸人眼眸，痛人心扉。

她读罢，失声痛哭。数年酸楚，于心中涌出；万般情思，无处可诉。

归家后，唐婉失魂落魄，心中愁郁难解，便在纸上和了一首《钗头凤》。

钗头凤

世情薄，人情恶。雨送黄昏花易落。晓风干，泪痕残。欲笺心事，独语斜阑。难！难！难！

人成各，今非昨。病魂常似秋千索。角声寒，夜阑珊。怕人寻问，咽泪装欢。瞒！瞒！瞒！

其实，唐婉的丈夫赵士程是个宽厚重情的读书人。若非唐婉心有所属，她和赵士程亦可相濡以沫，伉俪情深。

不久后，唐婉郁悒而终。可怜佳人化尘，幽情入土。这亦是封建制度下，一个女子无可奈何的归宿。

二 伤心桥下春波绿，曾是惊鸿照影来

这段感情刻于陆游心中，至死难忘。他六十三岁时念起旧故，有诗：

菊枕二首

（其一）

采得黄花作枕囊，曲屏深幌闷幽香。
唤回四十三年梦，灯暗无人说断肠。

（其二）

少日曾题菊枕诗，蠹编残稿锁蛛丝。
人间万事消磨尽，只有清香似旧时。

岁月匆匆，洗去人间万事。愁或怨，荣与辱，皆散去。唯有那醉人的清香萦绕心怀，不因她的离去而消散。

六十八岁时，陆游重游沈园，看到当年题词的粉壁，感慨万千，写下诗句：

禹迹寺南

枫叶初丹槲叶黄，河阳愁鬓怯新霜。

林亭感旧空回首，泉路凭谁说断肠！
坏壁醉题尘漠漠，断云幽梦事茫茫。
年来妄念消除尽，回向禅龛一炷香。

陆游七十五岁时，住在沈园附近，然伊人已逝四十春。《齐东野语》有言，陆游“晚岁每入城，必登寺眺望，不能胜情”，又作《沈园二首》诗：

沈园二首

（其一）

城上斜阳画角哀，沈园非复旧池台。
伤心桥下春波绿，曾是惊鸿照影来。

（其二）

梦断香销四十年，沈园柳老不吹绵。
此身行作稽山土，犹吊遗踪一泫然！

可以想象，那位深情的老人看着夕阳，在沈园的亭台间伛偻而行。桥下的绿波中，映出伤心的往事，而他无可遣怀。

河岸的老柳也失了青春的痕迹。泪眼模糊，此身将枯，他犹然沉浸于过去，泫然泪落。

直到他八十一岁，他作《十二月十二日夜梦游沈氏园亭》诗：

十二月十二日夜梦游沈氏园亭

（其一）

路近城南已怕行，沈家园里更伤情。
香穿客袖梅花在，绿蘸寺桥春水生。

（其二）

城南小陌又逢春，只见梅花不见人。
玉骨久成泉下土，墨痕犹锁壁间尘。

诗人八十四岁时再游沈园，写下《春游》诗：

春游

沈家园里花如锦，半是当年识放翁。
也信美人终作土，不堪幽梦太匆匆。

他知自己不久于人世，犹难忘旧侣。二人虽只能短暂相守，但换来了天长地久。他超越了红尘，活成一种信念。

她从人间走过，留下几多相思。这段情缘，足够他消磨余岁。

她不会有卓文君的《白头吟》，却留给世间《钗头凤》。他待她以深情。他们之间没有失望，只有遗憾。

或许，对于真正的爱侣，他们不需要时间撮合。有些人结为夫妻，共度半生，仍恍若不识；有些人萍水相逢，已觉刻骨铭心。

缘分之事，可遇而不可求。于茫茫人海，一个人遇到一个值得生死相随之人，还有何遗憾可言！

只有他这凄清而又纯粹的心思，才可以落笔写下这般清绝的咏梅词句。

卜算子·咏梅

驿外断桥边，寂寞开无主。已是黄昏独自愁，更著风和雨。

无意苦争春，一任群芳妒。零落成泥碾作尘，只有香如故。

陆游与梅花有一段情缘，写下了许多咏梅的诗句，“何方可化身千亿？一树梅前一放翁”（《梅花绝句》）。

也许，唐婉就是他心中的那朵梅花，伴他历漫漫人世，或浮或沉，她虽死犹生，不落不谢。

三 早岁那知世事艰，中原北望气如山

陆游自幼聪颖，因长辈有功而以恩荫授登仕郎之职。他入京考试，被主考官取为第一，却惹得秦桧大怒，皆因秦桧的孙子秦埙参试而未能居首。此事对陆游的影响颇巨，在他随后参加的礼部考试中，他未被录取。

直到秦桧病逝，陆游才初入仕途，任福州宁德县主簿，不久后入京，任敕令所删定官。

绍兴三十二年（1162年），宋孝宗赵昚即位，擢陆游为枢密院编修，赐进士出身。

陆游一生都在为北定中原而愁郁难安。他上疏，建议整饬吏治，固守江淮，徐图中原。于是，他被贬镇江通判。

数年间，他坚持主张北伐，并为此屡遭贬谪。

乾道七年（1171年），王炎宣抚川陕，驻军南郑。陆游被召至幕府任职，并作《平戎策》。

然而，这份北伐计划终被朝廷否决，他的几多心血付诸东流。陆游忧伤无比，灰心丧气。

他骑驴入蜀，郁郁寡欢，漂泊宦海，无有归依。

淳熙二年（1175年），范成大镇蜀，陆游入其幕府，二人皆是文客，交情颇深。

罢官后，陆游守着北伐梦，筑园浣花溪畔，躬耕于此。

一些人曾说他“不拘礼法”“燕饮颓放”，但他不以为然，并自号“放翁”。

书愤

早岁那知世事艰，中原北望气如山。
楼船夜雪瓜洲渡，铁马秋风大散关。
塞上长城空自许，镜中衰鬓已先斑。
出师一表真名世，千载谁堪伯仲间！

他因诗名日盛，得孝宗召见。虽有此机缘，但他并不想与这些死心塌地地偏安一隅之人有交集。

四 山重水复疑无路，柳暗花明又一村

他先后提举福建常平茶盐公事、江西常平茶盐公事，身居微职，流落江湖。

陆游在江西任职时，遭逢水灾，他号令开仓放粮，并亲自“榜舟发粟”。

他奉诏返京，却被诬陷为“不自检饬，所为多越于规矩”。

游山西村

莫笑农家腊酒浑，丰年留客足鸡豚。
山重水复疑无路，柳暗花明又一村。
箫鼓追随春社近，衣冠简朴古风存。
从今若许闲乘月，拄杖无时夜叩门。

他心存念想，坚信“山重水复疑无路，柳暗花明又一村”。然而，等候他的只是宦海风云——汹涌湍急，不曾止息。

陆游入京，孝宗勉励陆游：“严陵山青水美，公事之余，卿可前往游览赋咏。”他任严州知州时，深得百姓爱戴。

闲暇之余，他整理旧作，集之成册，名为《剑南诗稿》。

淳熙十六年（1189年），孝宗禅位于光宗，陆游接连上疏，欲救国救民，却被朝廷以“嘲咏风月”之名罢官。

陆游悲愤不已，将居处题为“风月轩”，暗以讥之。

这次罢官，他隐于湖山整整十三载，独做江边渔父，享细雨轻舟，镜湖烟水。唯有这片纯粹之地属于世间闲人，不必官家赐予。

鹊桥仙

华灯纵博，雕鞍驰射，谁记当年豪举。酒徒一一取封侯，独去作江边渔父。

轻舟八尺，低篷三扇，占断蘋洲烟雨。镜湖元自属闲人，又何必君恩赐与？

临安春雨初霁

世味年来薄似纱，谁令骑马客京华？
小楼一夜听春雨，深巷明朝卖杏花。
矮纸斜行闲作草，晴窗细乳戏分茶。
素衣莫起风尘叹，犹及清明可到家。

沉寂十数载，陆游于嘉泰二年（1202年）入京，权同修国史、实录院同修撰。

这时的他已经七十八岁。一位雪鬓霜鬓的老人，于朝政还能有何作为？

直至国史编撰完成，宁宗升陆游为宝章阁待制，但陆游自此致仕，归山阴。

五 何方可化身千亿？一树梅前一放翁

陆游居山阴故里，生活得很朴素。在这里，他遇到了辛弃疾，二人所持的政见相仿，故二人颇为投合。

诉衷情

当年万里觅封侯，匹马戍梁州。关河梦断何处，尘暗旧貂裘。
胡未灭，鬓先秋，泪空流。此生谁料，心在天山，身老沧洲！

“此生谁料，心在天山，身老沧洲！”他心中没有一日不牵挂中原的万里河山。

开禧二年（1206年），韩侂胄出师北伐。陆游闻讯，欣喜若狂。这是他的毕生之愿，令他久遭贬谪，郁郁不得志。

然而，这次北伐由于诸多因素以失败告终。陆游听闻，其悲痛之情，无以复加。

年迈的陆游忧愤成疾。嘉定二年（1209年）入冬后，病情日重，他卧床不起。

次年，陆游辞世，享年八十六岁。

临终之际，他写下《示儿》，以告小辈：“死去元知万事空，但悲不见九州同。王师北定中原日，家祭无忘告乃翁。”

这些年，他梦魂深处都是金戈铁马，出师北伐，此一片丹心被他写入另一首诗《十一月四日风雨大作》：僵卧孤村不自哀，尚思为国戍轮台。夜阑卧听风吹雨，铁马冰河入梦来。

这份爱国胸怀，着实让人敬佩。从青年至暮年，他的北伐心愿未曾更改。起落沉浮，生老病死，都不能让他动摇丝毫。

恰是此番坚持，这般痴意，让他精神上丰硕无比。心怀梦想的人，可以寻到光明的前路；坚守梦想的人，才是真正的胜者。

陆游的词集豪放和婉约于一体，或雄浑慷慨，或柔情婉转，既有荡气回肠，也有凄婉动人。他书写世事通透洒脱，描绘花木清奇冷峻。

他的一生几近完美，却也有遗憾。

他有情，一生未改幽梦。纵在暮年，他依然吟咏故人，心存温柔。

他有志，立志收复中原，持志到老，虽未如愿，但无悔。

他有才，作诗词近万首，颇有名句，流传千古。

他有寿，身为才子，长驻人间，书写风流。

泛舟烟波，他是镜湖闲人；掩上门扉，他是山中宰相。

他叫陆游，字务观，号放翁。

他爱过一个女子，叫唐婉。

他此生梦回之处，是沈园。

辛弃疾

了却君王天下事，赢得生前身后名

一　我见青山多妩媚，料青山、见我应如是

宋朝的词客，皆以风流自许。

有人耽于风月，流连花丛，其文辞华丽，细腻柔媚，旖旎动人。有人热衷功业，驰骋河山，其风格沉雄豪迈，惊彻天地。

有一种大气，叫唐诗；有一种婉约，叫宋词。

在两宋之间，有那么一群人，入笔广阔，其词气象恢宏，跌宕有味，堪比唐诗。

他们是被称作“豪放派”的词家。若论豪放慷慨，当以苏轼、辛弃疾为最，世人称之为“苏辛”。

苏轼有“大江东去，浪淘尽、千古风流人物”，辛弃疾有“千古江山，英雄无觅，孙仲谋处”。

苏轼有“老夫聊发少年狂，左牵黄，右擎苍”（《江城子·密州出猎》），辛弃疾有“醉里挑灯看剑，梦回吹角连营”。

宋词虽不似唐诗那般精粹，但另有一种韵律之美，可供世人吟咏，亦可入乐。

豪放词人心怀高远，用词雄壮。更可敬的是，他们为人洒脱，以侠气落笔，抒写一段不世情怀。

苏轼在《答张文潜书》中说：“其为人深不愿人知之，其文如其为人。”

所谓文如其人，即人与文字相知相随。文字可呈现人之性情，或委婉，或豪气；亦可显露人心，或善感多愁，或旷达明净。

世上才人用他们的灵思描绘红尘万物，人间风雨。正是或逸或隐、时起时落的经历，磨砺出锦绣的词华。

他们以词笔雕琢出纯净的灵魂、风雅的气度，让平淡的日子亦流淌水墨，温婉生香。

辛弃疾的词是豪放之词，气象万千，豪迈慷慨。他本人是刚硬之人，不屈于俗，不流于世。

正如他的自述：“臣生平刚拙自信，年来不为众人所容，顾恐言未脱口而祸不旋踵。”

他刚拙自信，有一身铁胆，自不容于众。他是浊水中的清流，乱世中的英豪。

若非他一生屈志，蹉跎到老，他该横刀立马，披荆斩棘，他

该着铁衣，引弓射月。

恰是辛弃疾的人品和词让他光耀千秋，并被后人称为“人中之杰，词中之龙”。

他的词有“道男儿、到死心如铁。看试手，补天裂”（《贺新郎·同父见和，再用前韵》）的豪气，亦有“蓦然回首，那人却在，灯火阑珊处”的柔情；有“肠已断，泪难收。相思重上小红楼”（《鹧鸪天·代人赋》）的相思闲愁，更有“稻花香里说丰年，听取蛙声一片”的人世清欢。

他可身披战袍，纵横沙场，又可提笔指点江山，抒发凌云壮志。

只是，这样一位文武全才，也是一生怀才不遇。他被南宋朝廷耽搁，不能横扫千军，只能屈于文职，昏昏度日。

二 醉里挑灯看剑，梦回吹角连营

辛弃疾原字坦夫，后改字幼安，号稼轩，历城人。

他出生时，北方已经沦陷，山河故人已非昨日，所见之景亦非当年。

辛弃疾的祖父辛赞经历了“靖康之变”，当时许多北宋的臣子跟随赵构逃亡。辛赞却“以族众，拙于脱身”而没有南渡，留在了北方。

辛赞后来仕于金国，但他内心深处始终不忘前耻，等待有朝一日王师北伐，他与金人决一死战。

自辛弃疾年幼时起，祖父常领着辛弃疾“登高望远，指画山河”，向他亲述令人悲愤的过往。

辛弃疾也目睹了汉人在金人的统治下所受的屈辱，立下了一雪前耻恢复中原之志。故辛弃疾为人处世，颇有侠义之气。

绍兴三十一年（1161年），完颜亮领兵大举南侵，但其后方百姓不堪重负，起兵反抗。

当时，辛弃疾虽只有二十二岁，但聚集两千余人，归入耿京部下，担任掌书记之职。

金人发生了内战，因此完颜亮被杀，金兵北退。辛弃疾奉命南下，与南宋朝廷联络。

在归途中，辛弃疾得知耿京为叛徒张安国等人所杀，怒不可遏，率领五十人，袭击敌营，擒拿张安国并带回建康。

以数十人投数万之众，不异于入虎穴取虎子。勇谋缺一，皆不可让人全身而退。

也因此，辛弃疾名重一时，得了江阴签判之职，开始了他在南宋的仕宦生涯。

三 落日楼头，断鸿声里，江南游子

他初至南方，血气方刚，那时的他才二十三岁。他的一生功业在此拉开序幕，这也是他此生最辉煌之时。

此后，他仕于南宋，再也没能如此畅快。辛弃疾的出现并未给宋高宗带来惊喜。

南国的河山秀丽温柔，但有远大抱负的官员在此毫无作为。

他不愿耽于享乐，唯请兵北上，光复中原。

他思考北伐大计，先后写过不少奏疏，如《美芹十论》《九议》，以论利弊。

然而，南宋朝廷早已麻木，习惯了偏安一隅的日子。君臣守着江南温软的山水，安逸地享乐，对北国的疆土已无兴致。

对于辛弃疾的北伐建议，朝廷虽有赞许，但终不采纳，“却将万字平戎策，换得东家种树书”（《鹧鸪天》）。

他被派到地方，担任各种职务，虽有政绩，但终非他之所愿。

岁月终经不起蹉跎。荒唐的朝廷，误了他的华年。

从风华年少到半朽中年，不过弹指光阴。他最初的热情纵未消散，曾经的梦想却已被束之高阁。

他感到了人生短暂而壮志难酬的苦闷，斟梦入酒，只觉苦楚无比。

他不能执剑北上，幸而还有一支词笔可抒怀尽兴。

水龙吟·登建康赏心亭

楚天千里清秋，水随天去秋无际。遥岑远目，献愁供恨，玉簪螺髻。落日楼头，断鸿声里，江南游子，把吴钩看了，栏干拍遍，无人会，登临意。

休说鲈鱼堪脍，尽西风，季鹰归未？求田问舍，怕应羞见，刘郎才气。可惜流年，忧愁风雨，树犹如此！倩何人、唤取红巾翠袖，揾英雄泪！

纵只能将栏干拍遍，他也是盖世英雄！谁知他北伐志愿，许他戎马一生？

淳熙七年（1180年），辛弃疾已四十一岁，先任湖南安抚使，后差知隆兴府兼江西安抚使。

在任上，他着人修建庄园，以供家人居住，且亲自查看各处的布置与格局。

直到带湖庄园建成，他为庄园取名为“稼轩”，并以之为号，自称“稼轩居士”。

他亦深刻自省，知官场失意，多因其本性无法更改，故做好了归隐的打算。

不久，辛弃疾被革职，开始度过一段闲居生活。

四　稻花香里说丰年，听取蛙声一片

他的词风亦在此时有了转变。他似乎忘记了国仇家恨，忘记了那一片被金人铁骑踏遍的土地。

西江月·夜行黄沙道中

明月别枝惊鹊，清风半夜鸣蝉。稻花香里说丰年，听取蛙声一片。

七八个星天外，两三点雨山前。旧时茅店社林边，路转溪桥忽见。

菩萨蛮·书江西造口壁

郁孤台下清江水，中间多少行人泪。西北望长安，可怜无数山。

青山遮不住，毕竟东流去。江晚正愁予，山深闻鹧鸪。

清平乐

茅檐低小，溪上青青草。醉里吴音相媚好，白发谁家翁媪？

大儿锄豆溪东，中儿正织鸡笼。最喜小儿亡赖，溪头卧剥莲蓬。

他在稻花香里静享人世的闲适与清欢。乡居岁月，他懒问朝廷之事，得妻儿做伴，他亦觉得幸福。

然而，他虽闲居带湖，但并非无愁。无数次梦醒之时，他始终牵挂北方，心系家国。

丑奴儿·书博山道中壁

少年不识愁滋味，爱上层楼。爱上层楼，为赋新词强说愁。

而今识尽愁滋味，欲说还休。欲说还休，却道天凉好个秋。

都道人生难求的无过知己。芸芸众生各有所持，各有所喜，能寻到一人，即是有缘。纵有缘分，人各有心，心各有志，难谓知己。

辛弃疾也有他的朋友，虽不能谓之知己，但可称为良朋。

淳熙十五年（1188年），友人陈亮跋山涉水，从浙江永康寻来，与辛弃疾于铅山县鹅湖寺中长歌互答，可谓几多快意。

说起鹅湖山，自然少不了风华故事。淳熙二年（1175年）时，吕祖谦曾邀朱熹、陆九渊、陆九龄等人前来，本意是调和学术分歧，但未成。

朱熹和陆氏兄弟就“为学之方”展开辩论，虽各执己见，不欢而散，但为后世留下许多风流，成就了著名的“鹅湖之会”。

而这次“鹅湖之会”发生在辛弃疾与陈亮之间。

贺新郎

陈同父自东阳来过余，留十日，与之同游鹅湖，且会朱晦庵于紫溪，不至，飘然东归。既别之明日，余意中殊恋恋，复欲追路，至鹭鸶林，则雪深泥滑，不得前矣。独饮方村，怅然久之，颇恨挽留之不遂也。夜半投宿吴氏泉湖四望楼，闻邻笛悲甚，为赋《贺新郎》以见意。又五日，同父书来索词，心所同然者如此，可发千里一笑。

把酒长亭说。看渊明、风流酷似，卧龙诸葛。何处飞来林间鹊，蹙踏松梢微雪。要破帽、多添华发。剩水残山无态度，被疏梅、料理成风月。两三雁，也萧瑟。

佳人重约还轻别。怅清江、天寒不渡，水深冰合。路断车轮生四角，此地行人销骨。问谁使、君来愁绝。铸就而今相思错，料当初、费尽人间铁。长夜笛，莫吹裂。

正如辛弃疾在序中所说，二人交游十日，而后依依惜别。

待好友离去，辛弃疾寻一处茅舍独饮，夜半投宿吴氏泉湖四望楼，闻着邻家笛声悲切，写下了这首词。陈亮以词相和，同书意气。

辛弃疾亦吐露心声，在另一首和词中写道："汗血盐车无人顾，千里空收骏骨。正目断、关河路绝。我最怜君中宵舞，道男儿、到死心如铁。看试手，补天裂。"（《贺新郎·同父见和，再用前韵》）

几年后，他又写下一首《破阵子·为陈同甫赋壮词以寄之》。

破阵子·为陈同甫赋壮词以寄之

醉里挑灯看剑，梦回吹角连营。八百里分麾下炙，五十弦翻塞外声，沙场秋点兵。

马作的卢飞快，弓如霹雳弦惊。了却君王天下事，赢得生前身后名。可怜白发生！

可见，他的心事唯有自知。纵心中仍有意气，奈何白发已生，壮士已老。

鹧鸪天

鹅湖归，病起作。

枕簟溪堂冷欲秋，断云依水晚来收。红莲相倚浑如醉，白鸟无言定自愁。

书咄咄，且休休，一丘一壑也风流。不知筋力衰多少，但觉新来懒上楼。

淳熙十三年（1186年），他罢官回上饶，建瓢泉庄园，“便此地、结吾庐，待学渊明，更手种、门前五柳”（《洞仙歌》）。

五 蓦然回首，那人却在，灯火阑珊处

此后几年，辛弃疾住在瓢泉庄园，游山玩水，似闲云野鹤。他饮酒赋诗，濡墨填词，“更从今日醉，三万六千场”（《临江仙》）。

“我见青山多妩媚，料青山、见我应如是。情与貌，略相似。”（《贺新郎》）他对山水一往情深，他对宋词执着深刻。

正如刘克庄在《辛稼轩集序》中所说：“公所作大声鞺鞳，小声铿鍧，横绝六合，扫空万古，自有苍生以来所无。其秾纤绵密者亦不在小晏秦郎之下。”

他心系国事，奈何岁月仓促，不由他拖延。

西江月

示儿曹，以家事付之。

万事云烟忽过，百年蒲柳先衰。而今何事最相宜？宜醉宜游宜睡。

早趁催科了纳，更量出入收支。乃翁依旧管些儿：管竹管山管水。

他本可放下红尘，管山管水，却因韩侂胄主张北伐而精神大振。然而，他并不得重用。

他任镇江知府时，路过北固亭，写下了著名的《永遇乐·京口北固亭怀古》。那时的辛弃疾，已经六十六岁。

永遇乐·京口北固亭怀古

千古江山，英雄无觅，孙仲谋处。舞榭歌台，风流总被，雨打风吹去。斜阳草树，寻常巷陌，人道寄奴曾住。想当年，金戈铁马，气吞万里如虎。

元嘉草草，封狼居胥，赢得仓皇北顾。四十三年，望中犹记，烽火扬州路。可堪回首，佛狸祠下，一片神鸦社鼓。凭谁问：廉颇老矣，尚能饭否？

是啊，廉颇老矣，尚能饭否？金戈铁马，恍若前生之事。如今的他，双鬓染风霜，病体孱弱，再无力策马疾驰，征战沙场。

当战火再起，朝廷决定重用辛弃疾，命他速至临安府赴任。

可惜，一切来得太迟，他已因重病而卧床不起。

不几日，辛弃疾便与世长辞，死前仍高呼：“杀贼！”

还记得那年元夕，满城灯花，如星雨散落。

青玉案·元夕

东风夜放花千树。更吹落、星如雨。宝马雕车香满路。凤箫声动，玉壶光转，一夜鱼龙舞。

蛾儿雪柳黄金缕。笑语盈盈暗香去。众里寻他千百度。蓦然回首，那人却在，灯火阑珊处。

他本可成为一世英豪，却被迫数十载倦游红尘，饱看带湖风月。他以功业自许，奈何一生备受冷落，壮志难酬。

其实，灯火阑珊处的人，是他。

醉里挑灯看剑的人，是他。

赢得生前身后名的人，也是他。

卷五

流光容易把人抛，红了樱桃，绿了芭蕉

姜夔

北宋艺术全才，一生转徙江湖，布衣终老

一 二十四桥仍在，波心荡、冷月无声

“二十四桥明月夜，玉人何处教吹箫？”（《寄扬州韩绰判官》）杜牧笔下的扬州是莺歌燕舞、风情万千的，令人迷恋。

当年，隋炀帝为赏琼花，在扬州建迷楼。庭阁高下，轩窗掩映，幽房曲室，玉栏朱楯，何等壮观。

琼花乃三春时节绽放，洁白如雪，温润如玉，宛若具有轻盈仙气的美人，并且只认得这片山水，迁去他地会难以存活。

唐人杜牧居扬州十载，混迹风月场所，遍游山水。早春的扬州若娉婷的少女，柔情万种。他在此地游荡于秦楼楚馆，饮酒赋诗，也因此盛名远扬，其诗为后世所传唱。

绍兴三十一年（1161年），金主完颜亮挥师南下，攻破扬州，掠夺烧杀，以致生灵涂炭。后来，宋军收复扬州，但天空弥漫的硝烟久久不能散去。

这座被洗劫一空的城，此后很多年未能缓过神来。

南宋词人姜夔则慕名而来，看着这座千古名城笼罩在暮色寒水中，心生感慨。于是，一首《扬州慢》横空出世。这首词，轰动了南宋文坛，于青楼街巷传唱，经久不衰。

扬州慢

淳熙丙申至日，予过维扬。夜雪初霁，荠麦弥望。入其城则四顾萧条，寒水自碧。暮色渐起，戍角悲吟。予怀怆然，感慨今昔，因自度此曲。千岩老人以为有《黍离》之悲也。

淮左名都，竹西佳处，解鞍少驻初程。过春风十里，尽荠麦青青。自胡马窥江去后，废池乔木，犹厌言兵。渐黄昏，清角吹寒，都在空城。

杜郎俊赏，算而今、重到须惊。纵豆蔻词工，青楼梦好，难赋深情。二十四桥仍在，波心荡、冷月无声。念桥边红药，年年知为谁生？

二 少小知名翰墨场，十年心事只凄凉

在他之前，宋词江湖雅客云集；在他之后，词人已是零零星星，所剩无几。

他在南宋词客里一枝独秀，令许多当世文人黯然失色。他被

称作词中之圣，且多才多艺，通音律，会填词，能作曲，善书法并且造诣颇深，是苏轼之后又一难得的艺术全才。

这样一个人物，却一生不曾步入仕途。他转徙江湖，遍游河山，卖字填词，依靠朋友的接济为生。

他结识了许多文人雅客、当世豪杰，以及达官显贵，但他始终如孤云野鹤，卓尔不群，在江湖飘荡，饱经风霜。

他叫姜夔，字尧章，号白石道人。

若无名词锦句留于世，他亦会像许多落榜文人一样，消失在浩瀚的历史风尘中，静默无声。

姜夔出生在饶州的一个没落官宦之家，姜夔的祖上并非无名之辈。姜夔的父亲姜噩是唐代名相姜公辅的十二世裔孙，也曾声名显赫，只是到了这一世，家族中途没落，不复从前。

姜噩是绍兴三十年（1160年）进士，三十二年（1162年）赐进士出身，曾任新喻县丞、汉阳县令，不几年，便在汉阳任上病卒。年少的姜夔，依靠姐姐的微薄之力得以衣食有寄，继续读书。

他也曾励志图强，奈何四次参加乡试皆名落孙山。这样一位文艺全才却因区区乡试而频频受阻，可见其内心的委屈与羞愧。

“少小知名翰墨场，十年心事只凄凉。”（《除夜自石湖归苕溪》其九）在姜夔看来，与其这样寄人篱下，不如四处游历，闯荡江湖。或许，人生除了仕途功名，还会有别的美妙际遇。

后来，他去了扬州，以一首《扬州慢》成名天下，令世人尽知。

虽是浮名，但抵消了落榜的惆怅、漂泊的苦楚。姜夔的词曲被无数青楼歌妓传唱，他亦因此赢得了许多佳人的倾慕。

三 谁教岁岁红莲夜，两处沉吟各自知

这一年，他漂游至合肥。正是在此地，他情根深种。这段缘分虽有始无终，但令他魂牵梦萦，怀想一生。

她们是一对美艳无双的琵琶歌女，其明眸善睐，乃人间尤物。只因在烟花柳巷的刹那相逢，自此他便再也忘不了她们的容颜。

一方是能词会曲的青年才俊，另一方是精通音律的绝代佳人。他们相见倾心，留下了一段香艳故事。这是姜夔的初恋，他自倾尽温柔，与她们情深缱绻。

回忆那段光阴令人心旌摇曳，神魂颠倒。可叹他只是一位漂泊词客，穷困潦倒，又如何将她们带离风尘，更莫说与她们缔结连理，相依相守。

他终究还是走了，与这一对深情的琵琶歌女挥泪作别。后来，他们再也没有相逢，更莫说并肩同行，但无数个风雨寂寥之夜，相思都会如约而至。

踏莎行

自沔东来，丁未元日，至金陵江上，感梦而作。

燕燕轻盈，莺莺娇软，分明又向华胥见。夜长争得薄情知？春初早被相思染。

别后书辞，别时针线。离魂暗逐郎行远。淮南皓月冷千山，冥冥归去无人管。

多年以后，他疲于奔走，为世所缚，以为淡忘了情爱之事，竟不料那段薄浅的尘缘，早已刻骨铭心。

那是一个灯火璀璨的元夕之夜，相思再度来袭，他作词以寄之。

鹧鸪天·元夕有所梦

肥水东流无尽期。当初不合种相思。梦中未比丹青见，暗里忽惊山鸟啼。

春未绿，鬓先丝。人间别久不成悲。谁教岁岁红莲夜，两处沉吟各自知。

陌上花开，当年公子如玉，可缓缓归来？她们等到美人迟暮，也终不见当年公子之踪影。

岂不知，他的生命里有了新的相逢，尽管这位新人并不能让他一往情深，尽管他内心深处有太多的不尽如人意。

在游历时，姜夔遇见了千岩老人萧德藻。萧德藻对姜夔的诗词甚为赏识，称“四十年作诗，始得此友”，并将侄女许配给他。后来，萧德藻调任至湖州，姜夔也与他同行。

之后，姜夔经萧德藻引荐，结识了许多名流。即便如此，他仍是一介白衣，以卖字填曲为生，无有大的作为。

四 自作新词韵最娇，小红低唱我吹箫

途经杭州时，姜夔结识了杨万里，并和杨万里成了忘年交，而杨万里赞姜夔“于文无所不工”。姜夔后又与范成大结交，而范成大极欣赏姜夔的词文，称姜夔的风度似晋宋之雅士。

范成大曾任参知政事，此时已告病返苏州，他邀请姜夔至家中饮宴，踏雪寻梅。正是在这时，姜夔凝思，挥笔写下了千古名作《暗香》和《疏影》。

暗香

旧时月色，算几番照我，梅边吹笛。唤起玉人，不管清寒与攀摘。何逊而今渐老，都忘却春风词笔。但怪得竹外疏花，香冷入瑶席。

江国，正寂寂。叹寄与路遥，夜雪初积。翠尊易泣，红萼无言耿相忆。长记曾携手处，千树压西湖寒碧。又片片吹尽也，几时见得？

疏影

苔枝缀玉，有翠禽小小，枝上同宿。客里相逢，篱角黄昏，无言自倚修竹。昭君不惯胡沙远，但暗忆、江南江北。想佩环、月夜归来，化作此花幽独。

犹记深宫旧事，那人正睡里，飞近蛾绿。莫似春风，不管盈盈，早与安排金屋。还教一片随波去，又却怨、玉龙哀曲。等恁时、重觅幽香，已入小窗横幅。

范成大读后，拍案叫绝，并让家妓来唱。温丽文辞，婉转音律，倾动了姑苏城的那个美丽雪夜。

梅花幽香不绝，沁人心脾。姜夔不仅赢得了范成大的赏识，还带走了他的家妓小红。

大雪纷飞，玉树琼枝。他冒雪连夜乘舟返家，带着小红。这时的他内心自是喜不自胜，虽无功名，却因词抱得美人归。

过吴江垂虹桥时，他作诗《过垂虹》："自作新词韵最娇，小红低唱我吹箫。曲终过尽松陵路，回首烟波十四桥。"可见，他有多快乐。

此后，揽温香软玉入怀，重入春梦，他不再管梦醒何时。

只是，空有辞章数卷，美人相伴，对着一贫如洗的家，姜夔不免感伤。看着小红脱下华衣锦缎，换上粗布素衣，看着妻子勤俭持家，洗衣煮饭，他于心难安。

姜夔自问清高，唯怕负累佳人。他不再拘泥世俗，试图凭借

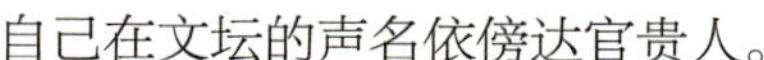
自己在文坛的声名依傍达官贵人。

五 花满市，月侵衣，少年情事老来悲

后来，姜夔遇见了世家公子张鉴（字平甫），并承蒙他的接济，聊以为生，并迁居杭州。此后，姜夔停止了多年来的流转迁徙，终老杭州。

张鉴为南宋大将张俊之孙，出自江南望族，家世富庶，在杭州、无锡都有广袤的田宅。他欣赏姜夔的才华，因此二人填词唱和，互引为知己。对于张鉴，姜夔曾说："十年相处，情甚骨肉。"

张鉴对姜夔屡试不第深感遗憾，慕其才情，曾想出资为姜夔买官，却被其谢绝。姜夔虽有入仕之心，但羞于用此种方式。他有文人的骄傲，宁可一世落拓，亦不想背负虚名。

在《姜尧章自叙》谈到自身的生活经历时，姜夔感谢了与他相交的数人，并在末尾郑重感谢张鉴给予他的深情厚谊："嗟乎！四海之内，知己者不为少矣，而未有能振之于窭困无聊之地者。旧所依倚，惟有张兄平甫，其人甚贤。十年相处，情甚骨肉。而某亦竭诚尽力，忧乐同念。"

比起那些流落江湖的清寒之士，姜夔又是何等幸运。

他词名远播，挣得佳人，又得名流眷顾，倾力接济。他因张鉴而没有陷入家徒四壁、举步维艰的困境，他因此有了诗酒唱和、风花雪月的日子。

这期间，姜夔亦不忘功名之事。他曾向朝廷献《大乐议》《琴瑟考古图》，期待被重视，但未果。

后来，他向朝廷献上《圣宋铙歌鼓吹》十二章，得朝廷下诏破格到礼部参加进士考试，但仍未及第。

回首一生，他只觉碌碌庸庸。枉费心机填词作曲，却如雪消春水一场空。自此，姜夔断了仕途之念，布衣终老。

他依靠张鉴的周济过活，畅游西湖山水，赋词作曲，恬静淡泊。然张鉴死后，姜夔的生活又慢慢走向困顿。

杭州城内那一场漫天的大火将姜夔推向了绝境。他居住的屋舍和收藏多年的图书，近乎被焚为灰烬。

失去亲友、投靠无着的姜夔，再遭此劫数，被迫再次卖字为生，甚至为了衣食而奔走于金陵、扬州之间。

回首当年，填写《扬州慢》时，他不过二十余岁。他的声名，乃至他的词曲，仍旧在青楼酒肆传唱。

奈何那个填词、谱曲之人，已两鬓染风霜，且无人记得他的模样。流落在街市小巷，摆个字画小摊，他只是一名穷困的老词人。

姜夔后来也许还去了合肥，追忆过去的那段爱情。青楼仍在，只是当时的琵琶歌女已不在。

她们或已嫁作人妇，相夫教子，或卖唱江湖，游走四方。此生唯一与他形影不离的，只有笔下流淌不尽的辞章。

鹧鸪天·正月十一日观灯

巷陌风光纵赏时，笼纱未出马先嘶。白头居士无呵殿，只有乘肩小女随。

花满市，月侵衣，少年情事老来悲。沙河塘上春寒浅，看了游人缓缓归。

最终，姜夔死在杭州，死时家中一贫如洗，身无长物。朋友吴潜等人凑钱，将他葬于杭州钱塘门外的西马塍。

自此，钱塘门外又添一座孤坟。他静静守着这片江水，看人来人往，听潮起潮落。

他的友人陈造曾写诗《次姜尧章钱商卿韵二首》，其一云："姜郎未仕不求田，倚赖生涯九万笺。稛载珠玑肯分我？北关当有合肥船。"

他虽无功名，布衣一生，但他的逍遥，世间几人能及？

吴文英

一生未第，游幕终生，唯留一卷《梦窗词》

一　倩五湖倦客，独钓醒醒

他是一个安于现状的文人，没有建功立业之志向，亦不急于追求功名。他选择做幕僚，也只是挣点碎银，唯图温饱而已。

他平生所好乃诗词书画，品茶插花。闲时游玩山水，寄兴填词，纵是一介贫弱书生，倒也自在清闲。在词的国度里，一个人但凡有点才学，皆可以词言心，借词传情。

声声慢

陪幕中饯孙无怀于郭希道池亭，闰重九前一日。

檀栾金碧，婀娜蓬莱，游云不蘸芳洲。露柳霜莲，十分点缀成秋。新弯画眉未稳，似含羞、低护墙头。愁送远，驻西台车马，共惜临流。

知道池亭多宴，掩庭花、长是惊落秦讴。腻粉阑干，犹闻凭袖香留。输他翠涟拍甃，瞰新妆、时浸明眸。帘半卷，带黄花、人在小楼。

那时的他居姑苏城，赏园林中池亭水榭，风雅至极。他游苏州灵岩寺，登高怀古，与文友作词助兴。

想当年，吴王夫差为宠幸西施而建馆娃宫，予她千恩万宠，与她风月缱绻。奈何曾经的朱楼玉槛，今已成废墟。

八声甘州·陪庾幕诸公游灵岩

渺空烟四远，是何年、青天坠长星？幻苍崖云树，名娃金屋，残霸宫城。箭径酸风射眼，腻水染花腥。时靸双鸳响，廊叶秋声。

宫里吴王沉醉，倩五湖倦客，独钓醒醒。问苍天无语，华发奈山青。水涵空、阑干高处，送乱鸦，斜日落渔汀。连呼酒，上琴台去，秋与云平。

西施本是一名平凡的浣纱女，若非被范蠡寻到，她一生也只是于溪畔浣纱，竹林往来。她奉越王之命去吴国，自此成了吴王的妃子。

吴王为西施建金碧辉煌的馆娃宫，后终日沉溺酒色，春日游园寻花，夏日于湖畔避暑，秋赏红叶灵石，冬日踏雪寻梅。

她不爱吴王，却为他的真情所动，但她有使命在身，不能心

慈手软。

西施离间了吴王和伍子胥，使吴王荒于朝政。后来，越王勾践成功灭吴。

传说西施随范蠡泛舟五湖，不知所终，亦有人说她回到浣江，终老山林。但姑苏台、馆娃宫成了遗迹，供后人反复追怀这段往事。

二 幽兰旋老，杜若还生，水乡尚寄旅

而他，南宋词人吴文英（号梦窗）便是千万人中的一位，有幸居住在姑苏城，做一个散淡的闲人，作词赏月。

他选择终日碌碌，但不为名利所缚，免去宦海波涛，这是明智之举，亦是一种消极遁世之作为。

自古以来，才华出众者皆存入仕之心。许多真正的隐士，也曾历仕途之失意、坎坷曲折，方弃官归隐田园，不问世事。

更有许多诗人、词客穷尽一生，只为求取功名，为朝廷所用，得君王赏识。

很显然，吴文英不属于以上两者的任何一方。他既无归隐之心，亦无青云之志。

这一生，他只为词而生。他在属于他的时代里描写他的江湖。他师承婉约词的集大成者周邦彦，成为新一代词宗。

故而有“北宋周邦彦，南宋吴文英”之说。还有人说，吴文

英是“词中李商隐”。

吴文英的词风靡南宋词坛，受到很多人推崇。后来，晚清词坛也掀起过一场梦窗词风。吴文英的词婉约空灵，只道是“近世学梦窗者，几半天下”（吴梅评）。

不过，也有人说梦窗词过于含蓄、曲折，晦涩难懂。

所谓婉约词，即写景咏物，抒写离愁别恨，言相思之苦，既无宏伟壮观的志向，亦无怀才不遇的哀怨，也不管河山动荡、历史变迁。

清代词论家陈廷焯在《白雨斋词话》中写道：“梦窗在南宋，自推大家。惟千古论梦窗者，多失之诬……其实梦窗才情超逸，何尝沉晦。梦窗长处，正在超逸之中见沉郁之意，所以异于刘、蒋辈，乌得转以此为梦窗病……梦窗精于造句，超逸处则仙骨珊珊，洗脱凡艳。幽索处，则孤怀耿耿，别缔古欢。”

千古诗词，其实亦只有几种简单的主题，或幽思怀人，或羁旅赠别，或怀才不遇，或咏山水田园，或抒政治抱负，但其表达方式却是千姿百态的。诗人与词客则各显其华，竞相追逐。

三 念羁情游荡，随风化为轻絮

他一生未入仕途，游幕终生，辗转于苏州、杭州、越州三地，其游踪所至，皆有题咏。

吴文英流传下来的词达三百四十余首。

虽无苏轼“大江东去，浪淘尽、千古风流人物”之旷达慷慨，亦无辛弃疾“了却君王天下事，赢得生前身后名”之豪情壮志，但吴文英有自己的婉转心事与浪漫情怀。

吴文英在《宋史》里无传，却在词集里留名。他一生平淡，远离功利，无丰功伟绩，也未经流离之苦。

他似乎与世间的荣辱悲欢无关，只在自己的江海里过着寻常百姓的生活，娶妻生子，填词吟句。

历史上有关吴文英的记载太少。他因未第而无功名，无官职，也就无浮沉起落。

同普通人一般，他过着粗茶淡饭的日子，安享冷暖交织的岁月。若不是锦词佳句流传于世，他亦不过是南宋王朝里的一名过客。

才华横溢的他，为何不参加科举，而甘于人下，选择当幕僚谋生？

那时的南宋王朝，已岌岌可危，一半是歌舞升平，一半是烽火硝烟。他一介书生既没有征战沙场的魄力，也无收复河山的豪情。

他只有一支文人的笔，而这支笔对衰落的王朝心生失望，故他无意科举。他不问朝政，不侍君王，他唯一能做的只是填词。

他的词或悲叹宋室的衰微，或影射南宋君臣的偷安，或描写河山的凋敝，但他所表达的更多是心中的山水与个人的悲欢际遇。

吴文英是南宋词人，字君特，号梦窗，晚年又号觉翁，四明人。他本性翁，出继吴氏。他自幼聪慧，文采斐然，爱山水，喜填词。少年以词得名，却不肯入仕途，后客居苏州，游幕于苏州转运使署。他日常除了打理公文之外，便游园赏景，喝酒填词。

四 重省，十年心事夜船灯

夏承焘在《吴梦窗系年》中曾说："梦窗在苏州曾纳一妾，后遭遣去。在杭州亦纳一妾，后则亡殁。"

正是在苏州，他遇见了生命中的女子，并与她居住在阊门西的西园。

后人称她苏姬，她虽无西子那般的倾城之貌，但也是容颜清丽、兰心蕙质之人。他们相爱相知，厮守缠绵，在西园度过了十年左右的甜蜜时光。

他们虽居小园陋巷，但恩爱情深，携手游沧浪亭，饮酒品茶，读书作词。

他做幕僚多年，清贫一身；她温婉贤惠，辛苦持家。吴文英和苏姬一如清朝的沈复和芸娘，他们同在姑苏城，皆为才子佳人，且心意相通。

但不知何故，苏姬离开了梦窗，即使他苦苦挽留。她去意已决，不肯回头。

多年的情爱逝如春梦，不知是他相负，还是她无情。人去园空，独留他只影徘徊，黯然神伤。

新雁过妆楼

梦醒芙蓉。风檐近、浑疑佩玉丁东。翠微流水，都是惜别行踪。宋玉秋花相比瘦，赋情更苦似秋浓。小黄昏，绀云暮合，不见征鸿。

宜城当时放客，认燕泥旧迹，返照楼空。夜阑心事，灯外败壁哀蛩。江寒夜枫怨落，怕流作题情肠断红。行云远，料淡蛾人在，秋香月中。

风入松

听风听雨过清明，愁草瘗花铭。楼前绿暗分携路，一丝柳、一寸柔情。料峭春寒中酒，交加晓梦啼莺。

西园日日扫林亭，依旧赏新晴。黄蜂频扑秋千索，有当时、纤手香凝。惆怅双鸳不到，幽阶一夜苔生。

西园之景不堪回首。他留词为念，以待来日与她重逢，或可再续前缘。

后来，吴文英寓居杭州。西湖山水、晴光雨色渐渐抚去了他的哀伤。

在杭州，流光潋滟，烟柳画船。南宋君臣偏安于此，渐渐忘记国难。吴文英亦是散淡的人，游走红尘，往来清吟。

某日，他骑马郊游，于西泠桥邂逅了他生命中另一位女子，后人称她为杭姬，一名才貌出众的绝色佳人。二人一见倾心，许下海誓山盟，愿此生相携白头，不离不弃。

后来，他们携手游过苏堤春晓，赏过曲院风荷、平湖秋月、断桥残雪、雷峰夕照。

此时的吴文英以为此生情感有寄，纵飘零，亦心安，可一场疾病令杭姬早逝，香消玉殒。

痛失所爱，他悲不自胜，泣不成声。每次重游故地，对景伤人，回忆她的一颦一笑，更觉相思刻骨，生死难忘。

后来，吴文英为杭姬写下了许多感伤的悼亡词。他们虽萍水相逢，不似他与苏姬有十年的相守，但彼此温柔以待，一往情深。

“回首东风销鬓影，重省，十年心事夜船灯。”（《定风波》）美好的爱恋皆如梦境，萍聚云散，稍纵即逝。但世间亦有人缘深，彼此一生相看，执手终老。在吴文英心中，情爱抵得过功名，诗词远胜高官厚禄。

五 都道晚凉天气好，有明月、怕登楼

晚年的吴文英先后任浙东安抚使吴潜和荣王府的门客。他往来越州，空有词名，却只是为他人作嫁衣。

淳祐十一年（1251年），吴文英离开越州回到杭州。

同年二月，涌金门外西湖边丰乐楼重建，吴文英作《莺啼序·丰乐楼节斋新建》长调，写在丰乐楼墙上，一时令满城传诵。他曾作三首《莺啼序》，其中《莺啼序·残寒正欺病酒》堪称上乘。

莺啼序·残寒正欺病酒

残寒正欺病酒，掩沉香绣户。燕来晚、飞入西城，似说春事迟暮。画船载、清明过却，晴烟冉冉吴宫树。念羁情游荡，随风化为轻絮。

十载西湖，傍柳系马，趁娇尘软雾。溯红渐、招入仙溪，锦儿偷寄幽素。倚银屏，春宽梦窄，断红湿、歌纨金缕。暝堤空，轻把斜阳，总还鸥鹭。

幽兰旋老，杜若还生，水乡尚寄旅。别后访、六桥无信，事往花委，瘗玉埋香，几番风雨？长波妒盼，遥山羞黛，渔灯分影春江宿，记当时、短楫桃根渡。青楼仿佛，临分败壁题诗，泪墨惨淡尘土。

危亭望极，草色天涯，叹鬓侵半苎。暗点检、离痕欢唾，尚染鲛绡，亸凤迷归，破鸾慵舞。殷勤待写，书中长恨，蓝霞辽海沉过雁，漫相思、弹入哀筝柱。伤心千里江南，怨曲重招，断魂在否。

早年读过吴文英的《唐多令》，我一直铭记于心，再难相忘。《唐多令》的上阕是：“何处合成愁？离人心上秋。纵芭蕉、不雨也飕飕。都道晚凉天气好，有明月、怕登楼。”

那时年少，不知愁滋味，却日日说愁，似有万般忧虑萦绕心间，不能释怀。

如今想来，那段年少光阴何等曼妙，不入凡俗，不经世事。少年虽未曾遇见远方的风景，无一见倾心的爱恋，但清澈纯粹，不染尘埃。

而今，从少年到中年，一个人走过水复山重的时光，对人世的愁烦有了新的感知。

有些人拥有过了，有些事经历过了，也只是让人厌倦，而后被人遗忘。经得起岁月洗礼的是亘古不变的诗文，是流转于世间的辞章。

吴文英此生始终是一名清贫白衣，游幕终生，不入朝堂，无名无分。

他留在人间的只是一卷《梦窗词》。

蒋捷

流光容易把人抛，红了樱桃，绿了芭蕉

一 少年听雨歌楼上，红烛昏罗帐

那是一场悲壮惨烈的战争，令人至今仍觉风号雨泣，地动山摇。人世间最大的悲痛，莫过于山河破碎，万民流离。

祥兴二年（1279年），宋军与元军在崖山上展开了一场激烈的决战。宋军被元军切断了上岸采柴草和汲淡水的路线，最终兵败如山倒。

丞相陆秀夫唯恐幼主被俘而受辱，背着幼帝赵昺，携传国玉玺在崖山跳海而亡。

十多万军民痛哭不已，相继投海殉国。悲惨之状惊天彻地，史称“崖山海战”。立国三百多年的大宋王朝自此灭亡。

一个风雅的王朝灭亡了。繁花似锦的宋词也随着宋朝的没落渐次“凋零”。余下的词人，守着残留的典雅，飘零无主。

“春初种菊助盘蔬，秋晚开花插酒壶。”（苏辙的《戏题菊花》）烧香点茶、挂画插花是宋朝高雅的艺术，也传达了宋人的生活态度。他们不奢华、不浮躁，一如那一阕阕温雅的宋词，朴素宁静，清丽出尘。

奈何江山帝位之争，总是相煎太急。这个王朝安稳之时太少，更多的是兵戎相见，烽火连天。但河山动荡，草木皆兵，亦不影响宋人形成了内敛、含蓄的审美风尚。

但凡江山易主，朝代更替，都会出现一批遗民。这些人，宁可流亡江湖，隐逸林泉，亦不肯屈服。他们或选择于江边垂钓，或伏案书写，皆不管六朝兴废事，得过且过。

他是宋朝末期的词人，南宋咸淳十年（1274年）进士。他数载耕耘，饱读诗书，所为的正是在科举高中，入朝为官，有锦绣前程、华贵人生。

他得中进士，却未入仕途，不曾在南宋为官一日。他金榜题名仅两年左右，南宋覆灭。他本抱负不凡，满怀鸿鹄之志，无奈空有报效朝廷之心，却无此机遇。

亡国之恨，如鲠在喉。朝廷纷乱，臣民流亡，有人选择以身殉国，与山河同生共死；有人选择前往大都，做元朝的臣子；还有人选择隐居不仕，寂寂无名地孤独老死。

二 流光容易把人抛。红了樱桃，绿了芭蕉

他是大宋遗民蒋捷，人称“竹山先生”，因一首词得名，又称“樱桃进士”。南宋灭亡，他不得入朝为官，只能乘舟漂泊，归故里。

舟过吴江县时，他见烟雨江南，思亡国之痛，不禁愁绪满怀，写下著名的《一剪梅·舟过吴江》。

一剪梅·舟过吴江

一片春愁待酒浇，江上舟摇，楼上帘招。秋娘渡与泰娘桥，风又飘飘，雨又萧萧。

何日归家洗客袍？银字笙调，心字香烧。流光容易把人抛，红了樱桃，绿了芭蕉。

“流光容易把人抛，红了樱桃，绿了芭蕉。”这时的蒋捷正值盛年，本打算挣了功名，效忠南宋朝廷。奈何江山日落，只能归去洗客袍，做回从前的雅士。

蒋捷生于阳羡（今江苏宜兴），祖上乃江南望族，家世显赫，子孙俊秀，善书通文。蒋捷青少年时期过得安稳闲逸，一心读书，无所忧虑。

无独有偶，苏东坡曾几度来到阳羡，饱览秀水青山，有买田终老此地之心愿。他曾因此作词：“买田阳羡吾将老，从来只为

溪山好。来往一虚舟，聊从造物游。”（《菩萨蛮》）

命运弄人，东坡居士一生屡遭贬谪，平生未能遂愿。蒋捷则生来便坐享这片溪山与风月，实为幸运。

此外，蒋捷更做了一个闲人，一生不朝天子，寄兴林泉，安心书写他的《竹山词》，留名青史。

其实，竹山先生生性恬淡，并不十分热衷功名，虽有远大志向，但也只是不想辜负大好年华。大宋灭亡对他的人生，其实没有造成太多的改变。

若南宋不亡，以他的不争，他或许也只是在任上安稳度日，勤恳敬业，为帝王分忧，不求轰轰烈烈。

但他没有选择，在飘零的乱世，他要么流亡辗转，要么归居田园。

三 浩然心在，我逢着、梅花便说

后来，有人向元朝廷举荐蒋捷，被他断然拒绝。他虽未步入南宋官场，但他有自己的气节与风骨。人间富贵，他毫不贪恋；浮名虚利，他亦不挂于心。

至于亡国之恨，他并非遗忘，只是不愿对人提起。这一点有词为证：

尾犯·寒夜

夜倚读书床，敲碎唾壶，灯晕明灭。多事西风，把斋铃频掣。人共语、温温芋火，雁孤飞、萧萧桧雪。遍阑干外，万顷鱼天，未了予愁绝。

鸡边长剑舞，念不到、此样豪杰。瘦骨棱棱，但凄其衾铁。是非梦、无痕堪忆，似双瞳、缤纷翠缬。浩然心在，我逢着、梅花便说。

从鲜衣怒马的少年到心静止水的亡国遗民，蒋捷自有其一番磨砺。

乘舟江海，流转红尘，他见过太多的人间疾苦。他淡然接受命运的波澜，而非愤世嫉俗，终日愁云惨雾。

归隐，听着洒脱，实则需要勇气。他也曾拍遍栏杆，苦思冥想，才做此决定。“白鸥问我泊孤舟，是身留，是心留？心若留时，何事锁眉头？”（《梅花引·荆溪阻雪》）

宋亡以后，蒋捷不再是樱桃进士，转而真正做起了竹山先生。

东坡居士说：“可使食无肉，不可使居无竹。”（《于潜僧绿筠轩》）可叹苏轼一生飘零，真正安逸的日子有限。蒋捷则坐拥竹山，于幽篁深处，饮酒填词，清静无为。

蒋捷无东坡居士之高才，却比其更为幸运。王朝更迭让多少名士流离失所，无处寄身，蒋捷却拥有一生一世的安稳。

蒋捷隐于太湖之滨，那里山水环绕，翠竹青青，令人忘俗。虽说闲隐，但他在这期间也游历江南诸地，赏阅风物人情，将其所见所思填入词中。

他不似陶潜那般自耕自种，采菊东篱，食粗茶淡饭，反而时常邀三五诗友，沽酒同酌，通宵达旦，此般生活也是快意。

醉后填词作曲，且歌且吟，忘却烦忧，他何曾像亡国之士、落拓才子！

贺新郎·约友三月旦饮

雁屿晴岚薄。倚层屏、千树高低，粉纤红弱。云隘东风藏不尽，吹艳生香万壑。又散入、汀蘅洲药。扰扰匆匆尘土面，看歌莺、舞燕逢春乐。人共物，知谁错。

宝钗楼上围帘幕。小婵娟、双调弹筝，半霄鸾鹤。我辈中人无此分，琴思诗情当却。也胜似、愁横眉角。芳景三分才过二，便绿阴、门巷杨花落。沽斗酒，且同酌。

他还有荣辱与共的妻子，且彼此情深义重。她为他调笙焚香，若他闲游在外，亦为他魂牵梦萦。

隐居竹山的日子，有如此鸳侣，他并不孤单。他伏案书写时，她研墨点茶，甚至还会为他整理诗词文稿。

“结算平生，风流债负，请一笔勾。”（《沁园春·次强云卿韵》）于湖海漂泊时，他也留下过风流情债。

他虽没有官职在身，但樱桃进士之名早已远扬四海。他的风流词采令世间多情女子为他痴迷。他的知己红颜，想来亦有三两位。

只是待他真正隐于太湖之滨时，他将平生风流债一笔勾销。多少红楼夜笛，几多温存软语，他再也不询问。自古文人多情亦薄情，蒋捷亦如此。

四 悲欢离合总无情，一任阶前点滴到天明

人世种种化作江南的烟雨，而他则是那个听雨之人。

虞美人·听雨

少年听雨歌楼上，红烛昏罗帐。壮年听雨客舟中，江阔云低断雁叫西风。

而今听雨僧庐下，鬓已星星也。悲欢离合总无情，一任阶前点滴到天明。

这场雨从年少到壮年，再到暮年，他的心境亦随之改变。

年少的雨，温柔缠绵，婉兮清扬。壮年的雨，则如断雁西风，不胜凄凉。暮年的雨，却因度尽悲欢而百味皆具。

有人说，蒋捷的运气不佳，他高中进士却逢山河覆灭。然而在那些年里，他优游山水，与世无争，比起那些于宦海中浮沉、

频频遭贬的名士，他何尝不是幸福的。

他开馆授徒，将自身的才学授予民间。如此，既免去仕途的坎坷，又不必愁于生计。

他该是没落王朝里那个清醒之人，虽有失意，却未让自己陷入困窘之境，而是一直活得洒脱自在。

他给后世留下的一卷《竹山词》几经兵祸战乱、烽火硝烟，仍保存完好。

蒋捷这一生都是温和的。临安的失陷，并没有让他一蹶不振、痛苦不堪。他只是选择一种适合自己的方式，恬淡自安。

蒋捷的词多情调凄清之句，但不失明丽清新。他另辟蹊径，其词既有豪放词的气势，亦有婉约词的含蓄。

他一生白衣，无功名政绩，但他的词却让“瘦弱”的南宋，有了丰盈之态。

刘熙载在《艺概》中曾说：“蒋竹山词未极流动自然，然洗炼缜密，语多创获。其志视梅溪较贞，视梦窗较清。刘文房为五言长城，竹山其亦长短句长城欤？”

他是南宋最后的几位词人之一，他用他的词笔，支撑着那片残败的江山。

五 担子挑春虽小，白白红红都好

人至暮年，只觉万缘皆空，只把平生闲吟闲咏谱作棹歌声。

贺新郎·秋晓

渺渺啼鸦了。亘鱼天，寒生峭屿，五湖秋晓。竹几一灯人做梦，嘶马谁行古道。起搔首、窥星多少。月有微黄篱无影，挂牵牛数朵青花小。秋太淡，添红枣。

愁痕倚赖西风扫。被西风、翻催鬓鬒，与秋俱老。旧院隔霜帘不卷，金粉屏边醉倒。计无此、中年怀抱。万里江南吹箫恨，恨参差白雁横天杪。烟未敛，楚山杳。

后来，蒋捷再也没有离开竹山。外界的风云，他已不闻不问。他的内心，早在多年前便已波澜不惊。

他或许也哀怨过，有遗憾，带着亡国的悲情，忍辱负重地活着，但他又如闲云野鹤，把急促的光阴，过得不紧不慢。

他乃一介布衣，南宋遗民，因此史书上与他相关的故事很少。若非有词卷留于世，只怕他早已被历史遗忘。

那些红了樱桃、绿了芭蕉的岁月，远去了数百年。世上烟云尽散，但那些美好的词句如天边的月，时盈时亏，永不消失。

他的离去，意味着一个时代的落幕。宋词也在江南那场漫长的雨中渐失锋芒，取而代之的是元曲。

有的人不肯偷安，入尘海波涛，誓同宋朝生死与共。有的人独善其身，逍遥物外，自得其乐。

如今，江南的巷陌仍有挑担卖花人。一声声问道，买梅花，买桃花。

他是南宋王朝的末代词人，久居江南，隐于太湖之滨，人称竹山先生。

昭君怨

担子挑春虽小，白白红红都好。卖过巷东家，巷西家。

帘外一声声叫，帘里鸦鬟入报。问道买梅花，买桃花。

张炎

宋朝最后一位词人，曾是华贵少年，后为江湖荡子

一 无心再续笙歌梦，掩重门、浅醉闲眠

每个人的一生，都会落满厚厚的雪。这场雪，时长时短，时急时缓，也许长达一个午后，也许长达一个昼夜，但一定会停，一定会结束。之后便是暖阳新枝，姹紫嫣红。

人生由俭入奢易，由奢入俭难。

张炎，从一个锦衣玉食的华贵少年，突遭命运急转，成了流离失所、投奔无门的江湖荡子。

若无王朝更迭，那该多好。他只需在西子湖畔游荡，着华服，骑骏马，出入茶馆、酒铺，一掷千金。

他也可邀文人雅士，泛舟西湖，赏荷观雪，或邀三五知己品茗吟诗，让妙韵动人的歌妓为他们斟酒沏茶。

他生来富贵，故有无功名于他本不重要。宋人的风流典雅是与生俱来的。纵情山水、喝酒填词，是宋人的宿命，也是他的宿命。

他以为，南宋王朝与西湖的名山秀水便是他此生的归宿。他从未想过，有一天他会离开大宋的时空，流落无主。

直到那一天，他才知道，大宋真的覆灭了。一夜间，随着王朝的没落，他的家族败落，万贯家财散去。

南宋灭亡后，他填的词还叫宋词吗？

高阳台·西湖春感

接叶巢莺，平波卷絮，断桥斜日归船。能几番游？看花又是明年。东风且伴蔷薇住，到蔷薇、春已堪怜。更凄然，万绿西泠，一抹荒烟。

当年燕子知何处？但苔深韦曲，草暗斜川。见说新愁，如今也到鸥边。无心再续笙歌梦，掩重门、浅醉闲眠。莫开帘，怕见飞花，怕听啼鹃。

这时的他，已经是一位宋朝遗民。元朝入主中原，江山换主，但他仍沉浸在宋词中，不肯接受亡国的现实。

过往纸醉金迷的生活，因为国破家亡而消失殆尽。任何挽留都是徒劳，他开始变得消沉、低落，无所适从。

当年燕子知何处？人事皆非，一切不复从前。昔日的繁华富贵已不复存在。

“掩重门、浅醉闲眠。莫开帘，怕见飞花，怕听啼鹃。”请原谅他的懦弱，因为他无力抵抗，更无力改变，只能浅醉闲眠，掩帘避世。

若人生可以重来，他是否会弃笔从戎，建一番功业？不，不会，他只是一名贵族公子，优游山水，往来红尘。

在宋朝的文坛上享有薄名，不必出类拔萃，亦无须誉满天下，也许就是他的愿景，但王朝的覆灭给了他机遇，让他的词风变得深婉，而他在词坛上有了举足轻重的地位。

二 前度刘郎归去后，溪上碧桃多少

张炎，字叔夏，号玉田，又号乐笑翁，临安人，南宋词人。

前三十年，他在宋朝潇洒度过；后四十年的时光，他在元朝寂寞活着。

他是宋朝最后的词人，他的词意味着一个朝代的结束。宋词这支长曲，看似逶迤不尽，亦有尽时。

他早年的词，疏狂洒逸，而他日日于湖山游赏，饮酒花前，阳春白雪。宋亡，他的词风亦转变，格调凄清，意境高远。

张炎的家世，在南宋可谓声势显赫，屈指可数：门庭若市，宾来客往，美酒佳肴，丝竹管弦。其门下名士无数，家妓如云。

其友人戴表元在《送张叔夏西游序》中写道：“盖钱塘故多大人长者，叔夏之先世高曾祖父，皆钟鸣鼎食，江湖高才词客姜夔尧章、孙季蕃花翁之徒，往往出入馆谷其门，千金之装，列驷之聘，谈笑得之，不以为异。”

张炎生来便鲜花着锦，富贵缠身。如此奢华又风雅的贵族之家，让他自幼受文艺的熏陶，深谙诗词，精通音律。

戴表元在《送张叔夏西游序》中写道：“初相逢钱塘西湖上，翩翩然飘阿锡之衣，乘纤离之马，于时风神散朗，自以为承平故家贵游少年不翅也。”

是的，他风神散朗，骑着骏马，往来于西子湖畔。他的人，一如他的春水词。

南浦·春水

波暖绿粼粼，燕飞来，好是苏堤才晓。鱼没浪痕圆，流红去，翻笑东风难扫。荒桥断浦，柳阴撑出扁舟小。回首池塘青欲遍，绝似梦中芳草。

和云流出空山，甚年年净洗，花香不了。新绿乍生时，孤村路，犹忆那回曾到。余情渺渺，茂林觞咏如今悄。前度刘郎归去后，溪上碧桃多少。

晚清词家陈廷焯曾评论张炎：“玉田以《春水》一词得名，用冠词集之首。”

西湖是他此生寄梦的地方，无论是前半生，还是后半生。他的词句，离不开西湖的碧波万顷，烟柳画桥。

张炎的祖父张濡和父亲张枢，能诗词，善音律。他们虽居豪门，却非文弱不堪之人，亦有济世之才。

祖父张濡为南宋大将张俊之四世孙，也曾奋勇抗元。恭帝德祐元年（1275年），张濡任浙西安抚司参议官，戍守独松关，因袭击元使廉希贤，次年为元所俘，被杀于临安，没收家财。大厦一朝倾覆，万贯家财化为尘埃。张炎之父下落不明，其妻子及仆人皆归入军中，无一幸免。

三　劳劳燕子人千里，落落梨花雨一枝

他死里逃生，仓皇失措。那一年是德祐二年（1276年），张炎二十九岁，正值盛年锦时，却零落成江湖之客。

他从潇洒贤达的贵族公子，变成无家可归的南宋遗民。他恐惧且绝望，度日如年。

他每日醉酒，试图忘记这段惨痛的历史，忘记这场劫难。他成了红尘孤雁，离群失伴，寥落无依。

解连环·孤雁

楚江空晚，怅离群万里，恍然惊散。自顾影、欲下寒塘，正沙净草枯，水平天远。写不成书，只寄得、相思一点。料因循误了，残毡拥雪，故人心眼。

谁怜旅愁荏苒？谩长门夜悄，锦筝弹怨！想伴侣、犹宿芦花，

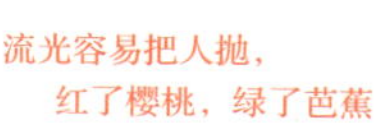

也曾念春前，去程应转。暮雨相呼，怕蓦地、玉关重见。未羞他、双燕归来，画帘半卷。

他从之前的“张春水”，到今时的“张孤雁”，仿佛一个转身，即是沧海桑田。

那时的张炎被洗劫一空，穷途末路时，他日日买醉于临安街头，潦倒不堪。

山河零落，百姓流离，曾经结交的旧友亦自顾不暇。谁还能顾及他的心情，赏识他的才华，在意他的去处？

如此身处困顿几年，他惶惶不可终日。

后来的他应元廷之诏，北上大都，游燕赵谋官。有人曾责备他变节，不再是纯粹的南宋遗民。

可那又何妨？他虽懦弱，但为求生计，唯有自食其力。他亦想凭借自身的才学，争个一官半职，不至于活得那样卑贱、凄凉。

倘若南宋可以苟延残喘几十载，那么江山的兴亡、世间的荣辱又与他何关？纵然做不了贵族公子，他亦可做个平民，但求衣食无忧，余生安稳。

可惜，国破家亡，他已无选择。可惜，纷繁的政治，根本不适合他。

孤身一人，屈于他人檐下，他所思的仍是故乡的烟柳、苏堤的春晓、南国的明月。

鹧鸪天

楼上谁将玉笛吹？山前水阔暝云低。劳劳燕子人千里，落落梨花雨一枝。

修禊近，卖饧时。故乡惟有梦相随。夜来折得江头柳，不是苏堤也皱眉。

如此游荡一年，他没有遇到被赏识和提拔的机遇，只得困顿街头，迷失闾巷，餐风饮露，受尽苦楚。

投奔无门的张炎选择匆匆南归。南方有他熟悉的山水，有杏花烟雨，还有南屏晚钟。

尽管，他依旧落魄不堪，身无可寄。

四 折芦花赠远，零落一身秋

后来的张炎若浮萍，似孤雁，背着残卷，漫游吴越。

自古风流之地，也随着王朝的更迭而历尽风霜。早年的风云人物、王侯将相，亦在历史的风烟里变得寂静无声，被人遗忘。

他渴望有一席之地可以安身立命。数载飘零，形单影只，不知栖于何处，流落何乡，他又依靠什么维持温饱?

或许是写字卖词，也或许是占卜。总之，命运没有给他任何巧妙的机遇。

八声甘州

辛卯岁，沈尧道同余北归，各处杭、越。逾岁，尧道来问寂寞，语笑数日，又复别去。赋此曲，并寄赵学舟。

记玉关踏雪事清游，寒气脆貂裘。傍枯林古道，长河饮马，此意悠悠。短梦依然江表，老泪洒西州。一字无题处，落叶都愁。

载取白云归去，问谁留楚佩，弄影中洲？折芦花赠远，零落一身秋。向寻常野桥流水，待招来，不是旧沙鸥。空怀感，有斜阳处，却怕登楼。

昔日的好友见他如此落拓，问他四处飘游，竟不怕烦扰？

他答："不然。吾之来，本投所贤，贤者贫；依所知，知者死；虽少有遇，而无以宁吾居。吾不得已违之。吾岂乐为此哉！"

人在低落之时，才思尤胜，更何况他当时的生活已是天涯孤旅。每逢雨夜，每遇风景，他不免多生愁绪。

亡国后，张炎的词作皆是借景抒情，感叹身世之悲、盛衰无常之作，其词风凄婉，不胜悲凉。

月下笛·万里孤云

孤游万竹山中，闲门落叶，愁思黯然，因动《黍离》之感。时寓甬东积翠山舍。

万里孤云，清游渐远，故人何处？寒窗梦里，犹记经行旧时路。连昌约略无多柳，第一是难听夜雨。漫惊回凄悄，相看烛影，拥衾谁语？

张绪归何暮？半零落依依，断桥鸥鹭。天涯倦旅，此时心事良苦。只愁重洒西州泪，问杜曲人家在否？恐翠袖正天寒，犹倚梅花那树。

世事沧桑，急景凋年，他漂泊数载，仍一事无成。他的才华在那个时代已无用处。

五　只有一枝梧叶，不知多少秋声

晚年，张炎又回到了临安。可见，他与西湖缘深。之后，他再也没有离开这片温柔的山水。

他曾经在这座城享尽荣华，暮年却在这座城靠占卜维持生计，何等落拓？谁还记得，那个骑着骏马、一身华服的英俊少年？！

只是，他懂得占卜，为何预测不了自己的人生？

在临安城，许多像他这样失去家园的南宋遗民依靠诗酒度日，碌碌无为，或泛舟游湖，或寻桂山寺，他们对前朝之事除了追忆之外，再不存丝毫念想。